江西文化艺术基金资助项目

万羽归来

金朵儿◎著

U0782713

江西人民出版社
Jiangxi People's Publishing House
全国百佳出版社

图书在版编目（CIP）数据

万羽归来 / 金朵儿著 . -- 南昌：江西人民出版社，
2023.12
　　ISBN 978-7-210-14973-6

　　Ⅰ . ①万… Ⅱ . ①金… Ⅲ . ①短篇小说—小说集—中
国—当代 Ⅳ . ① I247.7

中国国家版本馆 CIP 数据核字（2023）第 221496 号

万羽归来
WANYU GUILAI

金朵儿　著

策 划 编 辑：杨　帆
责 任 编 辑：吴丽红
书 籍 设 计：游　珑
绘　　　图：刘静娜
封 面 题 字：郭彦如

 江西人民出版社　出版发行
Jiangxi People's Publishing House
全国百佳出版社

地　　　址：江西省南昌市三经路 47 号附 1 号（330006）
网　　　址：www.jxpph.com
电 子 信 箱：jxpph@tom.com　web@jxpph.com
编辑部电话：0791-86899133
发行部电话：0791-86898815
承 印 厂：江西润达印务有限公司
经　　　销：各地新华书店

开　　　本：889 毫米 ×1240 毫米　1/32
印　　　张：6
字　　　数：86 千字
版　　　次：2023 年 12 月第 1 版
印　　　次：2023 年 12 月第 1 次印刷
书　　　号：ISBN 978-7-210-14973-6
定　　　价：26.00 元
赣版权登字 –01-2023-548

目录

万羽归来

清晨，天空一擂太阳鼓，营盘圩就醒了。跟着它一起醒来的，除了营盘圩的芃芃草木和袅袅炊烟，还有森林里的鸟：池鹭、杜鹃、斑鸠、柳莺、伯劳、白鹇、长嘴鸦、松雀鹰……这些大地的精灵扑棱着羽翼，在森林、草甸轻盈地剪出一条条美丽的弧线。森林里牛奶一样的雾霭，高耸入云的山峰，在此起彼伏的鸟叫声里，变得更加诗意、灵动起来。

　　营盘圩位于江西省遂川县西部，是一个海拔为一千多米的云上古镇。这里不仅有连绵不断的奇峰峻岭、层层叠叠的壮美梯田，还有一条万鸟竞飞的千年

鸟道。这是一条古老的鸟道，千百年来，每到春秋两季，就会有成群结队、遮天蔽日的候鸟从遥远的北方迁徙而来。这些候鸟仿佛是在用行动书写一部万羽归来的史诗。

女孩小舞是营盘圩小学的一名学生，她原本生活在喧嚣的大都市里。几年前，因为千年鸟道，她跟着父亲来到了营盘圩，并在这里的小学读起了书。小舞的父亲汤成是一名公益志愿者，也是一名摄影家。因为喜欢候鸟，汤成主动来到营盘圩小学支教，并充分利用业余时间拍摄候鸟，成了一名护鸟志愿者。同时，他还在全国各媒体倡议保护候鸟迁徙通道，引导广大群众树立爱鸟护鸟意识。

小舞也和她爸爸一样喜欢候鸟，她常跟同学们讲述她和鸟类交流的故事。最初，同学们都没有把小舞的话当真，总觉得她只是擅长编故事而已。但时间一久，他们发现小舞的故事不仅是故事，她是真的很懂鸟的"语言"，特别是白鹤的"语言"。白鹤的每一个动作、每一种叫声，她都能明白其中的含义。此外，她还对候鸟什么时候会从营盘圩的

千年鸟道经过预测得很准。

那是一个周六的上午，小舞对小伙伴毛小冬和林秀儿说："今天会有不少候鸟飞过我们万鸟岭，你们信不？"

"你怎么知道？"毛小冬问。

"别问这么多，午饭后我带你们去看看就知道了。"小舞神神秘秘地说。

小舞其实是在认真研究过候鸟迁徙规律的基础上说出这话的。天气预报显示，最近北方气温骤降，冰雪把水和草都冻住了，而南方的气候越来越适合这些鸟儿生活，已经陆陆续续有候鸟飞来了。她预感，今天应该会有成群结队的候鸟从营盘圩迁飞过境。

吃过午饭后，小舞看见爸爸汤成拿了相机、三脚架、胶卷等摄影器材，就知道他肯定要去万鸟岭了。他要去拍摄那群精灵，更要去保护它们，因为他担心迁飞过境的候鸟会遭遇不测。虽然汤成这些年通过各种宣传活动，时不时引导村民要关注候鸟、爱护候鸟，让村民增强了护鸟意识，但每次到了候鸟迁飞之时，他都会习惯性地去万鸟岭一带进行巡逻。

"爸爸，我们也想跟您一起去赏鸟、护鸟。"小舞说。

"我们？除了你，还有谁？"汤成问。

"还有毛小冬和林秀儿，他们也想去看看您是怎么拍摄鸟的，还想跟着您一起当护鸟志愿者呢。"小舞说。

"行，只要你们不怕累就跟来。"汤成拍了拍小舞的肩膀，笑着说。

小舞来到校门口，发现毛小冬和林秀儿早就在那里等她了。他们俩很激动，因为他们相信小舞的话，确信今天下午能看见不少候鸟飞来。他们三个跟着汤成走啊走，两个多小时后，终于爬上了万鸟岭的山顶。举目望去，层峦叠翠，苍山如海，美不胜收，在这个地方看鸟、拍鸟最合适不过了。一阵风吹来，大伙儿都被冻得直打哆嗦，但因为心有所期，所以一点也没叫冷。

他们等了很久，一只候鸟也没有瞧见。毛小

冬和林秀儿都有些不耐烦了。一路翻山越岭，本就很累，现在又等候了许久，他们感到更加困倦，便打起了瞌睡。而小舞和爸爸汤成还是精神振奋，他们坚信候鸟一定会来！终于，在太阳快要落山的时候，那些来自远方的客人飞抵万鸟岭，一只、两只、三只、几十只、上百只……让人目不暇接。小舞推醒睡眼蒙眬的毛小冬和林秀儿："快醒醒，候鸟来了！"毛小冬和林秀儿睁开眼，果真看到成群结队的候鸟飞来了，他们激动得欢呼起来！伴随着他们的欢呼声，鸟儿越来越多，成百上千只，成千上万只，振翅和鸣，积羽成云。小舞发现，数量最多的要数白鹤了，它们就像王子般高贵、优雅，在半空中逐光翱翔，翩翩起舞。除了白鹤，还有很多世界级的"明星"也飞来了，它们是丹顶鹤、鸿雁、小天鹅……群峰中，万羽飞鸟就像一群自由、欢畅的精灵，整个万鸟岭也因它们变得与众不同了。

"瞧，好多好多白鹤！"林秀儿抑制不住激动的情绪，叫了起来。

"没想到有这么多的鸟儿从这里飞过!"毛小冬也显得异常兴奋。

这会儿最激动、忙得最不可开交的要数汤成了。当一大群白鹤飞来的时候,只见他端着相机,又是站着,又是蹲着,又是跪着,"啪啪啪"地不停拍摄。白鹤、池鹭、夜鹭、白鹭等鸟儿们的婀娜姿态和优雅身影都被他抓拍到了,这让他忍不住感叹:"它们真是太美了!能定格到它们的美是何其有幸啊!"

"爸爸,我也想拍摄它们!您能教教我吗?"小舞问。

"当然可以,以后一定教。"汤成敷衍地回答道,根本顾不上教小舞。

就在汤成拍得兴致正浓之时,忽然听见几声凄厉的鸟叫声从山谷传来。根据经验判断,他认定这是一只受伤的白鹤发出的哀鸣!

"不好,有白鹤受伤了!"汤成收起相机,立马就向哀鸣声发出的地方跑去。小舞他们几个也迅速地跟了上去。

就在快要到达鸟鸣声附近时，汤成突然失足掉进了一个大坑里，发出"啊"的一声。

"孩子们别过来！这里有一个大坑。"汤成太担心那只白鹤了，以致走得又急又快，没注意到前面的大坑。

"爸爸，您没事吧！"小舞担心地叫唤着。

"没有大碍，就是腿部有点受伤。"汤成说，"你们先别管我，快去救那只白鹤，我担心它有性命危险！"

"可是……爸爸，我很担心您！"小舞着急地说。

"我不碍事的，你们不用担心。"汤成催促道，"时间宝贵，你们不要因为我误事。"

"小舞，你很懂鸟儿。要不，你和林秀儿先去前面救白鹤，我留下来想法子救汤老师！"毛小冬想出了一个两全之策。

"我看行！"汤成立刻表明了态度，"小舞，你们赶紧去救鸟儿！根据它的叫声判断，那只鹤受的伤应该比较重。你们靠近它的时候，一定要注意不要惊吓到它，免得它感到恐惧而继续挣扎，导致伤得更严重！"

"知道了，爸爸。我们一定会小心翼翼的！"小舞向汤成保证道。

"你们注意安全，可不能像我这样再掉进其他坑里了。"汤成再一次叮嘱小舞。

"放心吧，爸爸。我们保证完成使命！"说完，小舞带着林秀儿朝着白鹤的哀鸣声发出的地方寻去。两个孩子寻了许久，终于发现了那只受伤的小白鹤。小白鹤身边还有两只大白鹤，那应该是它的爸爸妈妈吧！它们站在林间发出刺耳的鸣叫声，并用长长的红喙不断地拨弄小白鹤的身体。小白鹤腿部的羽毛掉落了，露出了鲜红的印记，断断续续地发出"喔喔"的哀叫声，时不时地扑闪着翅膀，到处乱窜，全身雪白的羽毛也沾满了枯叶。

看到这一幕，小舞担心小白鹤会再受到意外伤

害，便静静地停留在原处，运用汤成教给她的知识
与白鹤们进行交流，以获取它们的信任。渐渐地，
白鹤们似乎感受到了小舞的友好，紧张的情绪终于
消失了。最终，小舞她们如愿地接触到了白鹤们，
在轻抚掉小白鹤身上的枯叶时，它还用长长的喙啄
人，看来它是一个有脾气的"家伙"。

随后，小舞认真地给小白鹤做了一遍全身检
查。她发现它身上除了腿部有新伤，竟然还有未完
全愈合的旧伤。这意味着它刚从北方开始南迁的时
候就受伤了，但是鹤爸爸、鹤妈妈并没有放弃它，
依旧帮助它飞过万水千山，寻找越冬之地。白鹤
爸爸和白鹤妈妈得有多么深沉的爱、多么强大的毅
力，才能带着身有旧伤的小白鹤穿越连绵峰峦啊！
小舞被白鹤们的爱和毅力震撼了！

小舞轻轻地捧起小白鹤，朝着汤成走去。小白
鹤的爸爸妈妈也紧紧跟随在她的身后。看到它们跟
来，林秀儿激动地说："小舞，你看，小白鹤的爸
爸妈妈跟来了！"

"它们一定是在担心小白鹤！"小舞对林秀儿

说完，又用温柔的语气朝着身后那对白鹤安抚道，"放心吧，我们绝不会伤害小白鹤的！"

此刻，汤成在毛小冬的帮助下已经从坑里慢慢地爬了上来。当他看到小舞带回来的受伤的小白鹤时，他顾不得自己的腿伤，连忙说道："我们得赶紧给它包扎一下！"

简单处理伤口后，他们便把小白鹤带了回去。在汤成的专业指导下，细心的小舞不仅用碘酒为小白鹤的伤处消毒，还找来轻柔的纱布为其包扎。小白鹤不再哀鸣了，它对小舞的善意之举心领神会。鹤爸爸和鹤妈妈当然也知道，它们这次遇上了好人。只见它们对小舞和汤成他们展开双翅，又缓缓弯下腰去，仿佛是在"鞠躬"致谢。

给小白鹤处理完伤口后，汤成与鸟类救助的相关部门取得了联系。之后，他们在专业人员的指导下，临时承担起了照顾白鹤的任务。汤成利用旧衣物为小白鹤改造了一间"居室"，小舞精心准备了丰盛的食物和洁净的清水来招呼这三位远

道而来的客人。三只疲倦的白鹤此时又渴又饿，吃得很欢。

自从小白鹤被救护后，三只白鹤对小舞他们越发地信任了。它们似乎将小舞当成了朋友又或者说是家人，总是与他们异常亲近。三只白鹤总是跟着小舞和毛小冬他们到处玩耍，他们一起在乡间的小路上追逐，一起在山坡的草甸上嬉戏，一起去层层叠叠的梯田看日落。三只鹤或舞或飞或奔跑，好不自在！他们在一起度过了一段童话般美好的时光。

但来自西伯利亚的冷空气快速南下，天气越来越冷了。三只鹤不得不离开这里继续南迁了。汤成也知道白鹤应该有自己的生活，那是一种回归大自然的生活，是每一片羽毛都沾满自由光辉的生活！

好在经过几天的观察后，小白鹤经专业人员的细致检查后确定身体已无大碍。小舞他们为白鹤们能即将回归大自然而感到欣慰。

于是，汤成、小舞、毛小冬、林秀儿与鸟类救助组织的工作人员一道，将三只白鹤带回了万鸟

岭的山顶上，打算送白鹤们回归真正的家——大自然。他们跟三只白鹤一一道别，还像一个环志工作者那样写下一些信息绑在白鹤的腿上，并期待来年能与它们在万鸟岭再次相遇。

三只白鹤先是振翅高飞，在万鸟岭的山谷盘旋了几圈，而后再一次飞回来了！只见它们像几朵极具诗意的云，把羽毛散得很开，并朝着小舞他们用高昂的声音叫了起来，似乎在说："我们舍不得离开这里。"

"快走吧，再不走，天气变冷，你们会受不了的！"小舞的眼睛里忽然闪起了泪花。

看到此情此景，毛小冬和林秀儿也感动得热泪盈眶，他们也对三只鹤挥手。林秀儿喊道："小白鹤，你们明年经过这里的时候，记得跟我们打声招呼啊！"

"对，我们就在这里等你们！万鸟岭永远是你们的家！"毛小冬接着喊道。

三只白鹤仿佛听懂了小舞他们的话，连续拍打着它们那洁白的羽毛，轻盈地朝他们飞来。这次，小白鹤直接停在了小舞伸出的手心上，而另外两只白鹤则停在了毛小冬和林秀儿的肩膀上。此刻的他们，像极了一个个白鹤使者。

三只白鹤在万鸟岭盘旋了一圈又一圈，发出动情的鸣叫声。那声音里似乎流淌着它们对万鸟岭的一种纯粹的爱。是啊，万物有灵。不只人类能将爱与友好传递给白鹤，白鹤也能将爱与善意留在万鸟岭……

第二年春天，在一个晚霞漫天的傍晚，小舞忽然听见营盘圩小学上空有白鹤的鸣叫声。她想，很可能是那三只白鹤飞回来了。于是，她急忙从屋里跑了出去，抬头望去，只见三只体态优雅的白鹤在空中慢慢滑翔。没错，正是他们之前帮助过的那三只鹤！不过，它们这一次还带来了一大群朋友。看

到这群白鹤在上空盘旋，如同白色的风暴一般蔚然壮观，小舞和同学们都彻底惊呆了。

"爸爸！爸爸！我们的朋友小白鹤一家回来啦！它们还带来了一大群伙伴呢！"小舞边跑边朝里屋激动地喊道。

汤成听了后也感到很震惊，毕竟他来到营盘圩这么多年，还是头一回碰到这种事。

住在学校附近的孩子们都来了，包括毛小冬和林秀儿。他们纷纷跟盘旋在上空的白鹤们挥手，热情地招呼它们："白鹤们，欢迎来到千年鸟道，欢迎回到我们共同的家！"

汤成当然不会放过这个绝佳的拍摄机会，他用"光与影"定格了这一瞬间的永恒之美，并给这张照片取名为"万羽归来"。

　　空中盘旋的白鹤不停地欢鸣着，小舞听出来了，它们是在动情地倾诉，诉说它们对这片土地的思念，诉说它们心中像泉水一样清澈的爱。人类爱它们，它们也爱人类……

　　万羽归来之日，便是千年鸟道最有爱之时。亲爱的朋友，如果你有机会来万鸟岭，迎万羽归来，看鹤舞山林，说不定也能感受到这种流淌在人和鸟之间的深沉爱意呢，可别忘了把三只鹤的故事讲给更多人听，将更多的爱进行传递哟！

青花

　　这是一个造型优雅大方、器壁厚薄适中的青花瓷瓶，虽然胎质粗松，但花纹生动自然，独具特色，看得出来，制作者做得很用心。

　　瓷瓶上画着茂密的丛林。林深处有一只鹿，还有一个十六七岁的少女。少女秀发如黑瀑，双眸剪秋水，肌肤莹润似玉，让人想起天山之上圣洁的雪莲，想起跳跃在原野里皎洁的月光，想起一切冰清玉洁的事物。

　　出人意料的是，如此一个美丽的妙龄少女，却缺了一条手臂，尽管残缺之处被她的长发遮掩住了，但仔细地看还是可以看出来的。少女的脸上写满了幽

怨，透出一股无法言喻的痛楚与哀伤。林夕不得不感慨，少女的头发是那样生动，仿佛真正的头发奇迹般地长在了青花瓷瓶上，而那双眼睛似乎一不小心就会滴下眼泪来。

半个月前，林夕回到家，无意间看见书房多了这个青花瓷瓶，他就喜欢上了它。不过，令林夕奇怪的是，父亲对于陶瓷的品味向来甚高，从眼前这个胎质较为粗糙、釉画略显稚拙的风格可判断，这个青花瓷并非出自一个富有经验的能工巧匠之手。它到底来源何处？出自谁之手呢？这令林夕十分好奇。或许这是父亲哪个朋友送的，也或许是他从哪个陶瓷作坊新买回来的吧。林夕的家在景德镇，闲时去作坊淘宝是父亲的最大爱好。有时候，林夕也会跟着父亲去作坊玩，他还在曾师傅的作坊那里学过拉坯。

　　奇怪的是，林夕每次轻抚瓷瓶时，手指一触到少女的断臂，便会有种隐约的疼痛感传向他的指尖。林夕一直在想，这瓷瓶上的少女到底是谁画的。看着青花瓷瓶，他总是会情不自禁地想起一个人——张黛。

　　张黛是林夕去年暑假认识的朋友。在曾师傅的作坊里玩拉坯时，林夕正巧碰上了她。张黛长发飘飘，眉若卧蚕，目似晨曦，穿着一身天青色的布裙，说话时而温婉时而调皮。他们俩一见如故，从此天南海北什么都聊。原来，张黛跟他同校，低他一个年级，是他的小学妹。

　　拉坯，是制作陶瓷的七十二道工序之一，也就是把炼好的泥放在轮车上，借旋转的力量把泥拉成器坯。旋转的时候，双手所用力道非常讲究。由于不太熟练，张黛刚开始拉的坯子总是会有那么点缺陷。于是，林夕便主动帮助她。林夕还给张黛介绍了很多制作瓷器的常识，并给她示范拉坯之前怎样揉泥。每次，张黛都听得津津有味。

　　那个暑假，林夕带着张黛把陶溪川、乐天集市等陶瓷交易市场逛了个遍，他们淘到了许多物美价廉的宝贝。张黛太喜欢陶瓷了，看着那些瓶瓶罐罐以及可爱的陶瓷小人，她就直乐。她的笑就像一串陶瓷铃铛声在街上飘荡。她还开玩笑地跟林夕说："说不定在另外一个空间，会有一个陶瓷国。"听了张黛的话，林夕忍不住哈哈大笑，心想：张黛的想象力真是天马行空，也只有她才会想出"陶瓷国"这种国度。

他们还一起制作了一个瓷罐，并在瓷罐上画了两个少年的背影。这两个少年手指蓝色的苍穹，似乎在畅谈着宇宙的奥妙，上面还有一行字：我们的征途是星辰大海。那是个多么生动的暑假，青春飞扬，活力四射。

两个月后，在林夕的帮助下，张黛总算能拉出满意的坯子。林夕和张黛的友谊也变得更深厚了。看着这些坯子，张黛吃吃地笑了起来，林夕却从这笑容里隐隐地看出了淡淡的悲伤。

九月份开学之后，林夕总是会去张黛的教室下面等她。但张黛越来越古怪，笑起来也没以前那样

爽朗了。有时候，她甚至会聊着聊着就莫名其妙流起眼泪。让林夕始料未及的是，有一天，张黛忽然就跟着父母去了很遥远的地方，也没跟他打声招呼就这么走了，这让林夕很难过。

林夕总是会想起张黛，想起跟她一块在曾师傅那里学拉坯的情景，想起跟她一道逛陶溪川、乐天集市的情景，每每想到这些情景，林夕的心就会发疼，这种疼痛，跟触摸青花瓷瓶的感觉很相似。

最近，林夕总会梦见青花瓷瓶里的少女。有一次，他梦见少女在一朵巨大的虞美人上独舞。这朵虞美人很像张黛穿的一条裙子。他还梦见过少女骑在一只蓝孔雀的背上。但是，过了一会儿，少女的脸忽然就变成了张黛的。她回头凝视着身后的林夕，眼睛里布满了忧伤。林夕怔了怔，正想追上去，蓝孔雀却张开翅膀载着她飞走了。为此，林夕好几天都郁郁寡欢。

这是一个月圆之夜，月光像瀑布般从窗外倾泻进来。

　　林夕将青花瓷瓶移到窗口的桌子边，仔细地端详起来。在月光的浸润下，瓷瓶愈加莹润、透亮，少女的眼睛更加传神，长发也更加逼真了。

　　"你的眼神如此哀伤，虽然我并不认识你，但不知为什么，我看着就很心疼呢！你总让我想起张黛，她是我最好的朋友。不知怎么的，最近没了她的消息，我总是心神不宁。"林夕自言自语道。他也不清楚这话到底是跟青花瓷瓶里的少女说的，还是跟现实中的制作者说的。

　　忽然，林夕感觉瓷瓶里的少女的眼睛眨动了一下，两行眼泪从她眼里流了下来。

　　"你刚刚是在流泪吗？"林夕吃惊地问道，"我没有眼花吧？"

　　说着，林夕用手擦了擦眼睛，再看少女时，少女的眼睛却没了流泪的迹象。

　　"果真是我眼花了！"林夕喃喃自语，"你是瓷瓶画上的人，怎么可能会流眼泪呢？"

月亮藏进了云朵里。窗外响起乌鸦的叫声。

夜已深，林夕打了一个哈欠，准备上床休息。一躺上床，他脑海里就浮现起青花瓷瓶上少女的身影。然后，少女的脸顷刻间又变成了张黛的。就在天快要亮的时候，朦朦胧胧间，林夕好像听见手机铃声响了。他接起电话，听到一个老人说道："你不是一直想找青花瓷瓶的制作者吗？来古窑这边吧！来一个叫'心之所向'的农庄。"

林夕觉得奇怪，他经常在古窑附近骑行，却从没听说过有"心之所向"这个农庄。虽然有所怀疑，他还是不自觉地爬了起来，简单地梳洗了一番，骑车来到古窑附近。正是清晨，东边的天空朝霞欲燃，村子里一片鸡鸣犬吠。

沿着弯弯曲曲的小道，穿过一片雾气缭绕的森林，林夕果真看见了一个农庄。这个农庄的房屋周围都被爬山虎包围了，屋子前面有个栅栏围着的花园，一阵栀子花的花香扑鼻而来。

林夕走了过去，发现栅栏的门是开着的。门上果真挂有一个雕着"心之所向"的木牌子。他想，还真有这么一个地方呢。

"有人在家吗?"林夕问。

一位留满脸络腮胡须的老人从屋子里走了出来。

"您好,刚刚是您打电话给我的吗?"林夕问。

"是啊,您不是一直想了解青花瓷瓶的制作者吗?"老人家说。

林夕觉得很惊讶,这个老人家怎么知道他想了解那个青花瓷瓶的来源。

"不用惊讶,我是你父亲的朋友。"老人家说,"那个瓷瓶是我家四姑娘制作的。"

没错,林夕确实有几次向父亲问过这个问题。但是,父亲总是回答说不知道或者借故转移话题。

老人将林夕带进小屋,走上小屋的二楼。

出现在林夕眼前的是一个跟青花瓷瓶上一模一样的姑娘,她穿着一身黛青色的裙子。裙子上的花纹就像藤蔓缠绕在她的身体上。虽然她缺了一条胳膊,却丝毫不影响她给人带来的美感。这就是老人家口中的"四姑娘"。这个四姑娘再一次让林夕想起了张黛。

"不知道怎么的，你让我想起一个女孩。"林夕忍不住说。

"谁?"四姑娘问。

"张黛，"林夕说，"虽然你们面孔不一样，气质却极其相似。"

听到林夕这么说，四姑娘脸上露出怪异的表情，她似乎在掩饰自己的情绪，故意拿起画笔在画布上画着。

四姑娘在画着一张水粉画。画中有很多古树，古树之间立着几座陶瓷房子。陶瓷房子前面，有一个栀子花园。园中，有一个穿着青花裙子的少女正在花丛中作画，而这个少女看起来跟她自己长得一模一样。

"画中的陶瓷少女是你自己?"林夕饶有兴趣地问。

四姑娘没回答林夕的问话，只是停下画笔，望了望花瓶里的栀子花，然后摘了一朵放进嘴里吃了起来。

"我也可以尝尝吗?"林夕问。

"当然，"四姑娘说，"如果你喜欢的话。"

林夕也摘了一朵栀子花的花瓣，吃了起来，顿时一种苦涩的味道占据了他的味蕾。

一只乌鸦停在了窗外的梧桐树上，它的眼睛犀利地盯着四姑娘。看到乌鸦，四姑娘的眉头不安地皱了起来。

"怎么了?"林夕问。

"没想到它那么快就知道了。"四姑娘说，"你得走了。"

"为什么? 不欢迎我在这里多坐一会儿吗?"林夕问。

"别问那么多，你快跑出去，走到栅栏外面就没事了!"四姑娘催促道。

说着，四姑娘便拉起林夕的胳膊，带着他像风一般地从二楼跑了下去。就在他们穿过栀子花小路，即将跑出栅栏大门的那一刻，林夕感觉自己像木偶般无法动弹了。接着，他感觉自己的身体隐隐作痛，并在不断地缩小。然后，他感觉头晕乎乎的，整个人像喝醉了酒一般栽倒在地。

林夕不知道这一切是怎么回事。当他醒来的时候，他只发现自己躺在一张陶瓷床上。一个陶瓷娃娃朝他走来，这个陶瓷娃娃穿着红袄子，扎着羊角辫。

"你醒了？"陶瓷娃娃问。

林夕摸了摸额头，确信自己没有发烧。他仔细地看了看周围，发现周围的一切都是陶瓷做的。陶瓷柜子、陶瓷台灯、陶瓷桌子，就连屋顶也是陶瓷做的……

林夕还是觉得头有点晕，但他已无心再躺。一股强烈的好奇心使得他一骨碌爬了起来，向屋外走去。

屋外的花园里有很多的木芙蓉花和小草，木芙蓉花和小草都是真实的。林夕想，幸好这些花草不是陶瓷做的，否则真是难以适应。

一只淘气的陶瓷狗走了过来，盯着林夕左看右看。

"汪汪汪，我以前怎么没见过你！汪汪汪，你是来做客的吗?"陶瓷狗问。

"这是在哪里？我是不是在梦里?"林夕问。

"汪汪汪，梦里?"陶瓷狗被林夕问懵了，"汪汪汪，你这是在陶瓷国里！汪汪汪，你看看身后!"

林夕转过身后发现，刚才他住过的房子，竟是一个茶壶形状的陶瓷屋！不远处还有许多其他形状的陶瓷屋，星罗棋布地点缀着花草树木。陶瓷屋有杯子状的、锅盖状的、南瓜状的、心形的，还有沙漏形状的……这些陶瓷屋尽管形状不一，颜色却都是清爽干净的纯白底色外加纯正的青花花纹。

一个陶瓷少女从陶瓷屋里走了出来，她跟"心之所向"农庄里的四姑娘长得一模一样。

"你是?"林夕吃惊地望着陶瓷少女。

陶瓷少女看起来很不自在的样子。

"对不起，让你跟我一起变成了现在这个样子。"说完，陶瓷少女的眼睛湿润了。紧接着，她的泪珠"滴答滴答"地流起来。

"你别哭啊！我又没责怪你。"林夕慌神了，他最看不得女孩子流眼泪了。

　　尽管林夕一个劲儿地安慰她，但陶瓷少女还是泪流不止。大约半小时后，她的眼泪才渐渐停下来。林夕还是第一次看到这么能流眼泪的女孩子，他被吓傻了。

　　"你的眼泪终于停下来了。"林夕说，"再哭下去，你的眼睛都要哭坏了。"

　　"我不是故意的，因为我在瓷瓶制作时就已经定型了。在瓷瓶上作画的时候，制作者滴入了她许多眼泪。"陶瓷少女说。

　　陶瓷少女说这番话的时候，林夕彻底懵了。陶瓷少女和青花瓷瓶的制作者有什么关系呢？这到底是什么情况？

"你不是青花瓷瓶的制作者?"林夕问。

"实话跟你说吧,我就是瓷瓶画中的那个女孩。你可以将我理解成青花瓷瓶作画者的灵魂。我用了一点小策略变成了四姑娘的样子。"陶瓷少女说。

"也就是说,那个'心之所向'农庄不是真实的?"林夕总算明白了一些陶瓷少女说的话。

"那只是一个幻境,"陶瓷少女说,"可惜,你来了没多久,就被那只该死的乌鸦发现了,还被它变成了陶瓷人!"陶瓷少女说。

林夕第一次注意到自己变成了陶瓷人的现实,他觉得一切都像书中讲述的魔幻故事。只是他没想到这么离奇古怪的事情,竟然会发生在自己身上。他又一次想起去年暑假,张黛开玩笑说的话"说不

定在另外一个空间，会有一个陶瓷国"。原来，这个世界真的存在陶瓷国。这一切都是那么匪夷所思。他思忖着，决定回到人类社会后，若是再次遇见张黛，要好好地跟她说说这件事。

陶瓷少女看到林夕神情复杂地望着她，以为自己说错了什么，忙说："放心，我会想办法让你回到你的世界去的。不过，请答应我，你回去之后，要好好地保护那个瓷瓶可以吗？如果瓷瓶碎了，我也就不复存在了！"

陶瓷少女又说，她会在日落迢迢星野之时送林夕回去。接着，陶瓷少女带着林夕去了几个充满诗情画意的地方。

陶瓷少女先是带着林夕来到了一个雪国。在那里，雪花纷纷扬扬地落下，周围白雪皑皑、万籁俱寂，但是他们一点儿都不觉得冷。

他们来到河边，看见不远处一只小船在河面飘荡，船中透着微弱灯光。灯光倒映在水中，像是给河面铺了一层金纱。船内端坐着一位高士，他双手拢袖，双目凝神，似在思索。船尾的船夫则以袖裹篙，奋力地撑着船篙。不一会儿，陶瓷少女又带着林夕来到高山之巅，看群山层峦起伏，看江河烟波浩渺。林夕不禁想起了"江山如此多娇，引无数英雄竞折腰"的雄浑诗句。

原来，陶瓷少女带林夕去的地方，是古代名画《雪夜访戴图》和《千里江山图》里的世界。林夕想不通，她怎么能够在古代名画里自由穿行。

这两幅画让林夕更加强烈地想起了张黛。他记得去年暑假时，张黛和他讨论古代名画时说过，她极其喜欢《雪夜访戴图》和《千里江山图》这两幅画。她说："《雪夜访戴图》里的世界像个远离尘嚣的桃花源，如果能去画卷里生活未尝不是一件美事；观赏《千里江山图》可以让人开阔胸襟，给人带来在如此波澜壮阔的秀美山川面前，一切烦恼都显得微不足道的感悟。"张黛说这些话的时候，脸上的表情给人一种超然物外的感觉……

回忆起跟张黛的往事，林夕对张黛的想念又多了几分。他多么想再次见到她啊！他很想知道，她到底怎么了，为什么不辞而别。

　　陶瓷少女带着林夕回到陶瓷屋，看着即将沉入大山的夕阳，她欲言又止："有一件事，我犹豫了很久，不知道该不该告诉你……"

　　"什么事？"林夕有种不好的预感。

　　"其实，青花瓷瓶是张黛烧制的，瓶上的画也是张黛画的。"陶瓷少女悲伤地说，"前几天，她离开了你们的世界。而我，替她在陶瓷国活了下来。"

　　"这怎么可能？你肯定是搞错了，张黛只是暂时离开而已！"林夕的声音喑哑，他感觉陶瓷少女的话如同五雷轰顶。

　　窗外响起了乌鸦的叫声。这叫声是如此刺耳，叫得林夕耳膜疼痛，头晕眼花……

　　一阵闹铃声将林夕吵醒了。他睁开双眼，很惊讶自己怎么会躺在家里的床上。他记得自己分明已经爬起来了，而且去了名叫"心之所向"的农庄，去了陶瓷国……

　　林夕的脑袋还是昏昏沉沉的。他已经分不清陶瓷国里发生的那些事情到底是现实还是梦境了。如果是梦境，为何一切又都那么真切？如果是现实，为何他现在仍旧躺在床上？或许，梦境和现实的界线本身就不是那么清楚的吧。

当林夕这么想着的时候，他的目光情不自禁地望向窗口的青花瓷瓶，望着青花瓷瓶上少女的眼睛，他的心比之前更疼了。

这天，林夕一整天都心事重重。晚上吃饭的时候，父亲看着他，想说什么又似乎在犹豫着该不该说。

"爸，您有话想跟我说？"林夕问。

"我不知道该不该告诉你。"父亲说，"那个青花瓷瓶是张黛的父亲寄过来的。几天前，张黛走了……"

"不要再说了，青花瓷瓶已经告诉了我一切……"说完，一滴泪从林夕的眼睛砸了下来。

父亲递给林夕一封信，是张黛写的：

对不起，林夕，我们一起做的那个瓷罐被我不小心摔碎了。那段时间，我每天躺在医院的床上，真的很无聊，幸好有瓷罐陪伴。为了弥补这个缺憾，我重新制作了一个青花瓷瓶送给你。

也许人生来便是孤独的，但亲朋好友的爱就像

是驱逐孤独的光。"斯人若彩虹，遇上方知有。"林夕，感恩生命中遇到你，谢谢你给予我真挚的友情。其实，从去年暑假开始，我就知道我的时间不多了，但我一直没敢告诉你。我不愿你因为我而感到悲伤，原谅我在人生的最后时刻没跟你说再见……

林夕，我们的征途是星辰大海。答应我，不要因为我的离开，阻挡了你追梦的脚步！

蓝眼泪

"人的嘴巴会说谎，但是眼睛不会。"蓝沫儿对我说，"眼睛就像身体的井，只有汩汩地涌泉才能保持鲜活。"

我是个喜欢流泪的男孩，开心的时候流泪，感动的时候流泪，悲伤的时候也流泪……班上的同学都笑话我太脆弱，这让我很烦恼。就在我下定决心要改掉流眼泪的毛病之时，我在平潭岛遇到了蓝沫儿。

平潭岛位于福建省境内，东临碧波荡漾的台湾海峡，南望浩瀚东海，距离我国台湾岛只有68海里。岛上有壮观的海蚀地貌和宽阔细腻的金色沙滩，号称"海蚀地貌甲天下，海滨沙滩冠九州"。

此外，这里还有高低错落的石头厝，很是古朴。

第一次见到蓝沫儿时，她正从一座布满藤蔓和花朵的石头厝里跑出来，跟我撞了一个满怀。

蓝沫儿有着黑玛瑙似的炯炯有神的大眼睛，长着一头又黑又亮的长头发，穿着一身海蓝色的麻布裙子和一双休闲的蓝拖鞋，看起来跟周围的石屋、花朵和大海协调极了。蓝沫儿的美是那么独特，那么自然，让人过目不忘。

"啊……没撞疼你吧？"我问她。

"没有……没有……"她盯着我的眼睛说，"你的眼睛真漂亮啊！"

"谢谢你的赞美！"我有点不敢相信她的话，便转移话题笑着说，"这么匆匆忙忙去干吗呢？"

"去沙滩玩！要一起去吗？"蓝沫儿笑了笑，热情地问道。

"是去捡贝壳还是抓小螃蟹？"我问。

"去看蓝眼泪。"蓝沫儿认真地说。

这是我头一次听说蓝眼泪。蓝沫儿说起这三个字的时候，很是神秘。她黑玛瑙似的眼睛里也闪现

出浪漫的蓝色光芒。

　　出于好奇，我跟着蓝沫儿来到沙滩上。我被那秀丽绵长的海岸线风光、细腻晶莹的海滩白沙，还有波澜壮阔的碧蓝海景给迷醉了，忍不住想去亲近这儿的一切。于是，我们脱了鞋子，光着脚丫在沙滩上疯跑，直到太阳缓缓坠入海岸线，直到海面和沙滩都被夕阳的余晖镀上了一层金色。这时候，我们也和太阳一样跑累了，便坐在岸边一边聊天一边看小朋友们捡贝壳、抓小螃蟹。

　　"蓝眼泪是什么？"我疑惑地问蓝沫儿。

　　"你竟然不知道蓝眼泪是什么，你肯定是第一次来平潭岛吧？"蓝沫儿打量着我的眼睛问道。

　　我点了点头，心想是不是因为这片海域太蓝太清澈，所以被称为"蓝眼泪"。我将我的猜测告诉蓝沫儿，她听了后笑了起来。她笑的时候，我总感觉有捧珍珠从空中洒落，然后轻轻地落在周围的沙子里。

　　"跟我讲讲蓝眼泪的故事吧。"我想，蓝沫儿一定知道很多关于蓝眼泪的故事。

　　她看起来就像是一个装着很多很多故事的女孩。

　　"你看过'孔雀公主'杨丽萍的舞剧《平潭映象》吗？"蓝沫儿问。

　　"没呢，下次去看看。"我说。

　　"很多来平潭玩的人都是因为这个舞剧。"蓝沫儿说。

　　"那我下次去看看。"我说，"还是继续说说蓝眼泪吧。"

　　"我爸爸最后一次出海，我就在这里看到了蓝眼泪……"蓝沫儿说这话的时候，突然变了语气。

　　"怎么了？"我有一种不好的预感。

　　"那是七年前，我只有五岁。那次出海之后，我爸爸就再也没有回来。"蓝沫儿说。

　　我明白了蓝沫儿的意思。原来，在她很小的时候蓝沫儿的爸爸就离开了她。

　　"爸爸离开后，我妈妈也消失了。"蓝沫儿说。

　　"她去哪里了？"我的心吊到嗓子眼了。

　　"她去海上找我爸爸了。"蓝沫儿说，"妈妈说她还会回来的，平潭的海面出现蓝眼泪的时候，她

就会回来看我。"

"那平潭什么时候会出现蓝眼泪呢?"我问。

"每年4月至8月都是蓝眼泪出现的高频时间段,现在这个时候就很可能出现。"蓝沫儿说。

蓝沫儿说完后向着海面的尽头望去,一阵忧伤从她的眼底升起。我被蓝沫儿感染,眼睛汩汩地流出了泪水。时间仿佛静止了一般,我以为蓝沫儿也会泪流满面。但海水拍击着海岸上的石头,海鸟发出一阵阵叫声,蓝沫儿的悲伤一下子就被淹没了。她没有流出一点眼泪。后来我才知道,蓝沫儿根本无法流出眼泪。但当时我感觉她有些奇怪,以至于在接下来的谈话中我没有那么放松。在我内心有些杂乱的情况下,我们一直等待蓝眼泪。很可惜,那晚我们没有看到蓝沫儿所说的蓝眼泪。

几天后,蓝沫儿提议让我去她家转转。我跟着她来到了她家。可以说她家是我在平潭岛看到的最美的民宿。那是一个僻静的小院,院

子里种着各种花花草草，看起来就像是一座小森林。屋内的墙壁上挂着许多油画，这些油画生动明亮，充满了光与生机，给人故乡般的温暖。她说那些画都是她奶奶画的，我感到有些惊讶。

"你的眼睛很特别，我喜欢你的眼睛。"蓝沫儿的奶奶见到我时赞赏地说道。

这是一个满头银发的老人。她的脸跟风吹过的海面一样，充满了褶皱。但奇怪的是，这位老人的双眸却和蓝沫儿的一样清澈、灵动。我感觉蓝沫儿和她的奶奶都特别注意一个人的眼睛。

"为什么你们都爱夸我的眼睛呢?"我问。

"眼睛是心灵的窗。"蓝沫儿有些不自然地说，"奶奶教我要透过小小的眼睛读懂人们内心大大的世界。这样就可以避免很多危险。住在我们民宿里的人必须是眼睛过得了关的人。"

"眼睛还要过得了关?"我很是吃惊。

"是的。我们通过一个人的眼睛就能看出他是一个怎样的人。"蓝沫儿说。

蓝沫儿的奶奶肯定是个很不一般的人——这是

我在这儿住的前两天她留给我的印象。每天清晨，她都在院子里看书、画画。有时候她还会唱一种腔调怪异的歌，那是一种我从未听过的腔调。

蓝沫儿的奶奶还会做一些食物给我们吃。食物的原料大多是紫菜、海带、裙带菜、牡蛎、海虾之类的，虽然未放任何其他调料，吃起来却别有一番风味。此外，她会在每道菜中放置几朵我从没见过的花瓣，将这些菜装饰得像一件件精美的艺术品。

第三天，蓝沫儿神神秘秘地跟我说："今天晚上，我们会迎来一位很特殊的客人。"

"特殊的客人？是谁？"我很好奇。

"暂时不能告诉你。"蓝沫儿说，"到时候你就知道了。"

蓝沫儿的话让我一整天都好奇得不得了。夜晚终于来了，这时候整个岛屿似乎进入了安宁而又满足的梦乡，只有我们仨将眼睛睁得亮亮的，一起等待着那位特殊客人的到来。

就在海浪轻轻拍打着海岸线时，一只海豚穿着一身绅士的衣裳优雅地从远处的海面走来。啊……

原来蓝沫儿说的特殊客人是一只海豚！确切地说，他只拥有人类的身体和四肢，头部却是海豚状的。

我被吓了一跳！我以为自己眼花了，或者是在做梦。

我目瞪口呆地看着这个奇怪的客人，但他看见我吃惊的样子好像一点都不觉得奇怪。

"我是蓝沫儿的舅舅，请不要害怕。"海豚人对我说，"但你得把遇见我的这件事情当成一个秘密，然后替我好好地保守这个秘密，可以吗？"

我使劲地点了点头，表示我并不害怕并且会好好地保守这个秘密。

"你们……是同类吗？"我鼓起勇气询问蓝沫儿。

"如果我说是，你会感到害怕吗？"蓝沫儿转过身看着我的眼睛说。

我潜意识地点了点头，但立马清醒过来，坚决地摇了摇头。

"我让你看看我原来的样子。"蓝沫儿说完，摇身变成了一个海豚人。

看到眼前的一切，我没有像平时一样发出尖叫声，也没有流出害怕的眼泪。看到我这么平静的样子，蓝沫儿笑了笑，又恢复了原来的样子，说："你不嫌弃我是一个海豚人就好。"

"当然。要是我也能突然之间变成一个海豚人，我感觉还挺酷的呢！"为了让蓝沫儿不感觉尴尬，我故意这么说。

"给我端杯茶吧！"海豚人对蓝沫儿说。

蓝沫儿听后，马上从厨房端来一杯绿油油的海藻茶，递给海豚人。

海豚人接过茶后独自喝了起来，犹豫了一会儿，对蓝沫儿说："你母亲……最近不回来了。"

"她又不回来看望我了吗？"蓝沫儿的眼睛瞬间爬满了悲伤。

"她找到你父亲了。"海豚人说，"他们终于在一起了！"

"可是……他们为什么不能一起回来看我呢？他们难道不要我了吗？"蓝沫儿哽咽着说。

"别这样！孩子，他们肯定是有苦衷的。"蓝沫儿的奶奶安慰道。

"你能不能告诉我，到底发生了什么事？我已经长大了，有权力知晓一切。"蓝沫儿痛苦极了，但她仍旧无法流出眼泪。

看到蓝沫儿的表情，我才知道能流眼泪是多么幸运的事情。最起码，眼泪可以将部分悲伤带走。像蓝沫儿这样，不论怎样悲伤也流不出眼泪的人，心里该有多压抑！

"蓝沫儿，你不要难过。过一段时间，你的母亲会回来看你的。"海豚人说。

"别说了，我不想再听下去了……"蓝沫儿说完，便头也不回地跑了出去。

我紧紧地跟在蓝沫儿的后面，生怕她会想不开。

夜是那么安静，满天星子闪着寒光。蓝沫儿跑到海边，朝着汹涌澎湃的大海吼叫着，我听不懂她说的是什么语言，应该是海豚人特有的语言吧。我只知道她很悲伤。

我心心念念的璀璨星河——蓝眼泪终于出现了。仿佛一群神秘的"蓝精灵"，从海岸线那边涌

来，一波又一波，它们随着海浪高低起伏，在海面上营造出一个个晶莹、绚丽的梦。但是，此刻的我们却没有心思去欣赏它们的美。

"别想不开啊！你跟我回去！"我赶紧拉住蓝沫儿。

"你别管我！我要去找我的父母！"蓝沫儿说。

这时候，蓝沫儿的奶奶和舅舅也都赶来了。

"带我去海里吧，我要去寻找我的父母！"蓝沫儿对她的奶奶和舅舅说。

"孩子，你还没有学会像个真正的海豚人那样游泳，你去不了海底。"蓝沫儿的舅舅说。

"我已经很会游泳了，我也跟奶奶学了不少本领！你们不要小看我！"蓝沫儿说。

"孩子，你的性格跟你母亲太像了。不要意气用事。"蓝沫儿的奶奶说，"快跟我回去吧！"

"我不！"蓝沫儿固执地说，"我一定要去海里找我的父母！"

说完，蓝沫儿又变成了海豚人的模样，她龇牙咧嘴地朝着她舅舅叫喊，以示抗议。

"不要这样，你这样到深海里去会死的，深海世界的压力跟海面完全不一样，你身体会受不了的。"蓝沫儿的舅舅说。

"可是，我真的好想去找我的父母！"蓝沫儿更加痛苦了，但她还是流不出眼泪。

"孩子，跟我们回去吧！你妈妈处理好一切之后，一定会尽快回来看你的。"蓝沫儿的奶奶说完，拉着蓝沫儿的手，把她带回了家。

蓝沫儿睁着大眼睛朝着窗外看了很久，我没有打扰她，只是陪着她一起看窗外。我知道她的心里在哭泣，但是，有些痛苦只能她自己修复，别人代替不了，也无能为力。

一个多小时之后，蓝沫儿终于平静下来。

"你知道我为什么流不出眼泪吗？因为我是海豚人。"蓝沫儿有气无力地说。

我点点头，告诉她："我已经知道你是海豚人了啊！我很喜欢海豚，也很喜欢你们海豚人。"

接下来，蓝沫儿说了很多。她说："人类通过科技能探索的海洋太少，百分之九十的海洋以人类目前的技术是探测不到的。在深海，有太多人类不知道的秘密，那里有海豚人，有美人鱼，有各种各样人类从没有见过的生物。我的母亲是海豚人，父亲却是人类。父亲曾经救过母亲的命，他们因此走在一起。他们都热爱大海，但大海一天比一天脏，父亲为了让大海少受污染，做了很多很多事。他每天都去海面打捞塑料垃圾，没想到，有一天却被一场海啸带走了。母亲不相信父亲已经遇难，一直在寻找父亲。"

原来，蓝沫儿的身上竟然有这么多传奇故事。我很想知道海豚人流不出眼泪的原因，便继续追问了蓝沫儿很久，蓝沫儿虽然今天心情不是很好，但还是跟我说出了真相。

"海洋养育了我们，我们也需要感谢海洋。作为生命最初摇篮里的后代，我们身上光滑的皮肤、我们血管里流淌的鲜血、我们体内无限循环的水，都是海洋的缩影，我们本就是海洋的一个分子。我们海豚人流不出眼泪，是因为，我们将所有的痛苦都自己内部消化了，正如大海自己净化一样。"蓝沫儿说完，又转到蓝眼泪上了，"蓝眼泪是大海献给人类的礼物，那些海藻的浮游，正是我和我的海豚人朋友们对大海的赞美。"

听了蓝沫儿说的这番话，我对她的欣赏又多了几分。他们海豚人竟然跟大海一样，把痛苦自己内化，把美好留给世界，他们是多么善良啊！我也坦诚地对蓝沫儿讲了自己多年来容易流泪的原因：我从小就生活在海边，听过、看过很多关于海的悲伤的事情，尤其是见证过多次我的海洋朋友因为海洋污染而毙命的故事，我特殊的体质让我本能地记住了悲伤的一切，所以我总是很容易流泪。

"海面上的垃圾太多了。有时，鲸鱼和海豚也会出现在我的梦里，它们有的被呼啦圈套住了脖子，有的因为肚子里的塑料消化不了，非常痛苦。听了它们的求救声，而我却无能为力，我的眼睛便会忍不住地流下眼泪。"我说。

"原来如此。你是我见过的最善良的人。"蓝

沫儿说。

"我还看过一个海洋守护人,因为海上垃圾多,他没日没夜打捞垃圾,危险来时也没察觉,因此出了意外。"我说这番话的时候已经泪流满面。蓝沫儿又开始变得异常痛苦了,她肯定是再一次想起了她父亲离开时的情景,他们都是海洋的守护人,有着相同的遭遇。

"让我们一起爱护大海,努力将大海变得越来越干净吧!"我接着说。

"我感觉,你是一个海洋之子。"蓝沫儿赞美道。

一年后,在一个蓝眼泪格外绚烂的夜晚,蓝沫儿的妈妈回来了。她看起来很悲伤,但她的眼睛跟蓝沫儿一样,流不出任何眼泪。

"我找到了你的父亲,他已经变成了一条大鱼,在海底世界过得很好。"蓝沫儿的母亲说,"或许,以后我可以带你去看看他。"

"我做梦的时候,也曾梦见有条大鱼向我游来。原来,那是我的父亲!"蓝沫儿哽咽地说。

"大鱼需要干净的海水,所有海洋生物都需要

干净的海水，所以，我们要像爱护自己的眼睛一样爱护大海。"蓝沫儿的妈妈说。

"放心吧，我们会努力的！"蓝沫儿还没开口，我就抢着说，"我们会用更多更好的方式表达对大海的爱。"

后来的几年，我和蓝沫儿都在为保护海洋而努力：我写了一篇又一篇的文章，把海洋生物因为塑料垃圾而受到伤害的照片放到网络上，倡导大家爱护海洋环境；我们跟着海洋守护人一起去海上打捞垃圾，还海洋一片湛蓝；蓝沫儿还成了一名作家，她写了很多关于大海、海豚、蓝鲸，以及蓝眼泪的故事，她希望通过这些故事，让更多的人加入保护海洋的行列里……

蓝沫儿的舅舅也会以海豚人的形象，在海底通过视频直播，让人们更加热爱瑰丽的海底世界。观众都以为他头上戴着的是仿真海豚头套，只有我知道，他是真正的海豚人。蓝沫儿的奶奶和妈妈则编了很多关于保护海洋的歌曲，那些歌曲是用一种来自异域的腔调唱的，跟彝族的海菜腔很相似，却又

更加富有魔力。这些歌曲受到很多网民的喜欢，被人们纷纷传唱。

我和蓝沫儿也会穿戴上高科技装备，跟着蓝沫儿的舅舅一起去海底世界玩。那个地方可真美啊，到处都是珊瑚丛，还有成群结队的鱼儿。我还看到很多灯鱼，它们就像海底世界的点灯人，把海洋世界照亮。我也看见了蓝沫儿的父亲——一条蓝色的大鱼。他不会说话，但他会用眼睛一直看着蓝沫儿，并对她格外亲昵……因为感受到海底世界的美，我们对大海更加着迷，更加热爱了。

又过了几年，随着海洋的净化，我不再那么容易悲伤，也渐渐地不怎么流泪了。蓝沫儿的眼睛却能开始流出眼泪，不过，她流的都是感动的泪、快乐的泪。因为，她看到了越来越多的人为爱护大海而努力！

因为海水变得越来越干净，我和蓝沫儿也更加喜欢去看蓝眼泪了。清澈的海面上，蓝眼泪就像千万颗蓝星星在闪烁，璀璨而又梦幻，我们总是情不自禁沉醉其中，不能自拔。

雪莲山的狐狸

你见过真正的小狐狸吗？见过喜欢诗的小狐狸吗？

我见过。那是在洞头的雪莲山顶上，我独自坐在一丛杜鹃旁看蒸腾的云海。正值暮春时节，云海潇洒飘逸，山峦的绿层层叠叠，让人沉醉。就在我看得入迷而想用画笔捕捉这一画面时，我忽然发现身边坐着一只小狐狸。小狐狸跟我一样看得入迷，一样被云海笼罩的群山陶醉。

我吓了一跳，毕竟是第一次看到小狐狸，而且它离我这么近。

小狐狸的眼睛里有一层朦胧的雾气，我从没看过这么神秘、灵动的眼睛。它跟我说，它喜欢云海，特别是太阳刚从云层里钻出来的时候的云海。

"那些不喜欢云海，不信仰太阳的人是背弃了神的人。"小狐狸悠悠地说道。

小狐狸竟脱口而出半句海子的诗！海子是我非常喜欢的一位诗人。我很好奇地问道："你怎么会知道海子的诗呢？"

"有一次经过太阳山庄的时候，我听见有一个人在朗诵诗歌。他读了几首十分令人惊艳的诗，我便记住了。"小狐狸说。

"你刚刚是怎么出现的？"我很好奇这只小狐狸是怎么出现在我身边而令我半点都没有察觉到的。

"就这样出现的啊。是您看得太沉醉了，才没有察觉到我的到来。"小狐狸说。

"哦，是吗？下次最好提前和我打个招呼哦。我的小心脏可不太受得了。"我笑了笑说。

"今天的云海真美！"小狐狸好像没有察觉到我的异样，自顾自地边说边看着远方。

　　远方是连绵起伏的山峦，云雾在山峦间如龙蛇般游走，使得山峦看起来若隐若现的。这是一种犹抱琵琶半遮面的美，让人浮想联翩。

　　山峦和山峦之间有许多山谷，山谷里的村庄被雾气包裹着。虽然站在山顶上看不到村庄全貌，但我知道那里跟这里的宁静截然相反，呈现出另外一种热闹的景象。那里住着很多热情好客的畲族人和客家人。

　　"你经常来这里看云海吗？"我问小狐狸。

　　小狐狸点了点头，说："从这里可以看得很远很远。我真想知道，远方的远方是什么地方。"

　　"你从来没离开过这里？"我又问。

　　"母亲不让我离开这里，她还不允许我接近人类。"小狐狸撇着嘴说道。

　　"可是你没有听从母亲的话哦。"我看着它略显委屈的小眼神笑着说道。

　　小狐狸也礼貌地笑了笑，虽

然它的笑意并不明显。

"我带您到附近看看吧。春天的雪莲山有很多野花、野果和野菜呢。"小狐狸说。

于是，我跟着小狐狸往山的深处走去。

一路上，小狐狸喃喃地说个不停。在它的介绍下，我认识了野生茶树上的茶耳、茶泡泡，认识了藏在草丛里的青菌子、红菌子，认识了可用来编藤器的柔韧的藤草、从土里刚刚钻出来的苦笋、充满野性的白蔷薇、植物界的"大熊猫"红豆杉……

因为这只小狐狸，我一下子认识了很多从未见过的物种。流动的绿色光影中折射出山川的勃勃生命力，这给予我大量的绘画灵感。不得不说，我越来越热爱这个地方了。

我来自大西北的戈壁滩上，是一个热爱自由的人，喜欢画画，喜欢诗意的生活。以前，我最大的梦想就是，背着画板走遍祖国的千山万水，用自己的画笔绘下奔流的江河、广袤的草原、巍峨的雪山等我热爱的锦绣河山。来到山如黛、水迷蒙的洞

头雪莲山，我的梦想开始变得更加具象、丰富而灵动。对于现在的我来说，能够在雪莲山上好好地画一画这里苍翠群山、缥缈云海，尤其是高低错落的植被我就已经心满意足了。我发现雪莲山的植被太丰富，或许我穷尽一生也画不完它们。

前几日，我只是为雪莲山的日照与云海所震撼。没想到，这只小狐狸却给了我更大的惊喜。我发现，这只小狐狸不仅像个富有诗意的小诗人，还是个务实的大植物学家呢。它认识太多太多植物了，似乎这里的每一种植物都是它的熟人！

走着走着，小狐狸引我来到了一片古老的红豆杉树林。

"红豆杉又名'紫杉'，野生红豆杉群落主要分布在深山区，是第四纪冰川遗留下来的古老树种，被称为植物王国的'活化石'，属于世界珍稀濒危植物。"它热情而又骄傲地向我介绍道，"目前发现的最大的红豆杉树围径约为3米，胸径超过1米，树龄超过1200年呢！"

"啊？1200年的时光啊！"我惊叹不已。置身

在红豆杉树群中，观赏、仰视这些高耸云端的巨大古杉，我心灵顿时感受到一种巨大的冲击，一股敬慕之情也油然而生。心想：这些饱经沧桑的古树，不就是活着的画、凝固的诗吗？它们或参天入云，或婆娑如盖，尽情地展示着顽强的生命力，见证着光阴的故事。

"您喜欢菖蒲吗？"小狐狸突然打断我的思绪，指着树林下面的清澈小溪和小溪里长着的许多菖蒲说道。

"当然。"我说，"你也知道菖蒲？"

"您太小看我了，我知道的多着呢。"小狐狸一边摆出一副神气的表情，一边凑近菖蒲深深地吸了一口气，"我很喜欢闻菖蒲的味道。"

说着说着，我们走出了红豆杉树林，眼前呈现出一片层层叠叠的梯田。梯田上有很多外形如竹子一般粗壮和笔直的秆子，这些秆子看起来就像一把把紫色的剑一样。

"我们去采摘些酸筒秆回去做菜吧。这里的畲族人都很爱吃。"小狐狸提议。

"那种秆子竟然可以吃吗？会不会中毒？"我疑惑地询问起了小狐狸。

"当然不会！其实，'酸筒秆'是人们根据它的外形特征所给的俗称，它的学名叫虎杖。虎杖属于一种多年生的草本植物，最高可长至2米，适合生长在温暖湿润的田间河边。它的茎似荭蓼，叶圆似杏，枝黄似柳，它的花状似菊，色似桃花。古时候人们饥渴时，会将其当甘蔗来咀嚼。虎杖不仅可以食用，还具有利湿退黄、清热解毒、散瘀止痛、止咳化痰的药用功效呢。"

"你真是动物界学识渊博的植物学家啊！"我被小狐狸的这番说辞给惊呆了。

听完小狐狸的解说，我们采摘了好些酸筒秆回到太阳山庄。山庄里的蓝阿姨看到了，很吃惊地问："你怎么知道采酸筒杆回来？"

我神秘地告诉她，是一只小狐狸告诉我的！蓝阿姨听后哈哈大笑。

"你笑啥呢？"我问蓝阿姨。

"笑你逗我开心呀！"蓝阿姨说，"哪儿来的小

狐狸，还会告诉你采摘酸筒秆？改天带我认识认识喽。"

"真的是一只小狐狸，一只漂亮的小红狐！"我说，"它还陪我看云海呢！"

"白天也说梦话，你这个孩子就爱编故事。不跟你说了，我去磨豆子，待会儿让你们尝尝我做的豆浆！"蓝阿姨说完便走了。

第二天，我又迎着朝阳再次爬上了雪莲山。晨曦中连绵起伏的群山披上了金色的盛装，大大小小的山涧溪流也迎着朝阳或随山势跌宕起伏而欢唱，或随河道转折变化而起舞。晨光普照、云雾缥缈、如诗如画的风景令人陶醉。这一次，我不仅仅是为了看日出云海，更是为了等那只小狐狸。我想，它应该还会出现的。

果真，就在我开始画画的时候，那只小狐狸出现了。它拿着一朵野生的白蔷薇朝我淘气地打招呼："您喜欢野蔷薇吗？"

"喜欢。"我故意用平静的语气说道，但是它不知道我有多期待见到它。

　　"那我将这朵白蔷薇送给你！夜晚的时候，让它陪您做个好梦。"小狐狸说。

　　我收下了小狐狸送的白蔷薇并向它表达了我的谢意。它开心极了。接着，它歪着毛茸茸的脑袋，滔滔不绝地和我聊起了天。最后，它用低低的语气提起了它的父亲。

　　"每次坐在这里，我就会想起我父亲。我第一次来这里看云海，就是父亲带我来的。"小狐狸说，"我父亲很喜欢诗，它曾说蒸腾的云海就是一首气势磅礴的诗。"

　　"你的父亲？它在哪儿呢？为什么不陪你来看云海了？"我问小狐狸。

　　"父亲已经不在了，"小狐狸眼睛里盛满了伤感，"去年的一场大山火把它带走了……"

　　"啊……真是令人难过的事情呢！"我表示替它难过，"现在的森林防火教育不是做得很好了吗？还有人放火吗？"

　　"据人类朋友说，他精神不太正常，被关到了一个暗无天日的地方。"小狐狸愤愤地说道，"并

且已经染病离开了这个世界，可惜我不能找他算账了！"

我一时语塞，竟不知道如何安慰小狐狸。

"但我认识他的儿子，我好几次去太阳山庄，就是想去找他的儿子算账。"小狐狸说。

"难道你想找他的儿子报仇？"我吃惊地问道。

小狐狸思考了一会儿，点点头，然后又很郑重地纠正我："是算账！有一天我正想找他，但我听到了他在朗诵诗歌，而我竟然喜欢上了他朗诵的那些诗歌以及他朗诵诗歌的样子。那个画面仿佛把我带到了另外一个神秘的世界里。"

"因为诗歌，你就不再想找他儿子算账了吗？"我试探性地问道。

"因为他清澈的眼睛，"小狐狸说，"那一双像山涧泉水一样纯净的眼睛。"

"眼睛是心灵的窗户。"我接着小狐狸的话，"何况父亲欠下的债，也不能算在无辜的儿子身上。"

"我明白你说的道理。我没有了父亲，他也没有了。我知道没有父亲的感受。"小狐狸的语气中

带有一丝哽咽，"我好想念我的父亲。"

接着，我和小狐狸都不再说话。我们只是看着远方，连绵起伏的山脉仿佛把小狐狸的思绪拉到了很远的地方。

我开始画画，画远山，画云海，画杜鹃，还画小狐狸。

"您在画我吗？"小狐狸仰起小脑袋问我。

"是的。请问可以吗？"我问。

"当然可以！不过您把我画进画里了，我担心有人会因为我而打破这里的宁静。"小狐狸有些担忧地说道。

"放心吧！我一定不会让其他人知道你的存在的。"我向它郑重地保证。

"谢谢。不然，我就不能陪您看云海了。"小狐狸调皮地眨了眨眼睛说。

此刻，我开始后悔之前跟太阳山庄的蓝阿姨提起过小狐狸了。但愿她不会相信我之前说的那番话！

"您画的画真好看，可以送给我吗？"小狐狸

用那大大的琥珀色的眼睛满怀期待地看着我。

　　我欣然同意，因为我的本意就是想将此画赠予它的。

　　我将画从画板上取下来，小心地递给了小狐狸。小狐狸笑眯眯地接过画，眼睛里闪着异样的光芒。

　　"你喜欢画画吗?"我问。

　　"我很喜欢画画。但我不会画，我可以在您的画板上试试吗?"小狐狸用商量性的口气问我。

　　我把画笔递给小狐狸，小狐狸便开始画了起来。或许，每天在大山里居住的小狐狸天生就是一位画家吧! 虽说它是第一次画画，不讲究技法，但在我看来，它比很多学画画的人画得更好。因为它的画很有灵气。

　　"这是我第一次画，让您见笑啦。"小狐狸搔搔脑袋，有些不好意思地说。

　　"画得很好。"我夸赞它。

　　它在我的赞扬中画得越来

越起劲。

回家的时候，小狐狸提醒我："别忘了把白蔷薇带回家哦。"

我很诧异小狐狸怎么会对这朵白蔷薇这么上心。后来我才知道，这是一朵容易将人带入甜美梦乡的蔷薇。

回到太阳山庄后，我把白蔷薇放在窗台上。深夜的时候，银色的月光照在白蔷薇上，也将我照进了神奇的梦境。

梦中，白色的蔷薇花里面竟然走出一只九尾狐。九尾狐先是只有蜜蜂那么大，然后是手指那么大。没过多久，它就变成了一只跟普通狐狸差不多大的九尾狐。

我吓了一跳！九尾狐似乎也被我吓了一跳。

"你是传说中的九尾狐吗？"我疑惑地问道。

"你怎么会拥有这朵白蔷薇？"九尾狐没有回答我，反而抛给我一个问题。

"是一只小狐狸送给我的。"我如实地答道。

"那个孩子怎么可以把蔷薇花随便送人呢？"

九尾狐嗔怪小狐狸，"既然你已经把我召唤到你面前了，那就请说说你的心愿吧，我尽量帮你完成。"

原来，这只九尾狐是来帮我完成心愿的！

"我想知道送我这朵蔷薇花的小狐狸住在哪里。"我想了想，跟九尾狐说。

"这就是你的心愿？"九尾狐很诧异，"我还以为你会提出与权力、金钱、名声又或者是跟爱情有关的愿望。还有，你们人类不是对皮囊很看重吗？"

"或许吧。"我笑了笑说，"在这样一个浮躁的时代，有人贪慕权力，有人珍视金钱，有人在意名声，也有人将外貌看得过重，甚至有些人为了取悦他人而去整容，但是，我跟他们不一样。"

"那你是一个很特别的人。"九尾狐说，"难怪小狐狸会把蔷薇花送给你。请跟我走吧。"

说完，九尾狐就往月光下的雪莲山跑去，我紧跟在它的身后。

越是走进雪莲山的深处，草木也越来越高，芒其竟然长得高到了我的胸口。我的眼前还出现了许多之前从未见过的小动物和植物。两只松鼠带着松鼠宝宝爬到一棵香榧树上，它们正打算休息；一只小猕猴正在一棵伯乐树下打瞌睡，看到我它感到很吃惊，只见它攀着附近的藤蔓用力一荡，就荡到了几米开外，身手矫健极了；一只猫头鹰机警地站在一棵金钱松上，眼睛犀利地盯着我，看到九尾狐之后，猫头鹰终于放松了警惕……

后来，在九尾狐的介绍下，我还认识了穿山甲、灵猫、白颈长尾雉等小动物，以及异形玉叶金花、中华结缕草、钳唇兰、车前蕨、锐尖山香圆、二月兰、白接骨、紫花苣苔等植物，我被这些野生动植物震撼了。我很好奇九尾狐怎么知道这么多珍稀植物的名称，它告诉我，这些植物是我之前认识的那只小狐狸告诉它的。我听了更加佩服小狐狸了。

"送我白蔷薇的小狐狸到底住在哪儿？"我问九尾狐。

"住在动物收养屋，"九尾狐说，"几年前，一场山火把森林里的小动物烧得死的死，伤的伤，残的残。"

我再一次被九尾狐的话震惊，多么可怕的山火！

又过了半个小时左右，我终于来到了动物收养屋，见到了白天的那只小狐狸。它正忙着照顾一只灵猫，那只灵猫的左前腿断了。

　　"那场山火就像魔鬼一样，火苗从山这头跳到山那头。为了逃命，我飞快地奔跑，却不小心摔断了腿，那是我一生的噩梦。"灵猫说。

　　"是雪莲山上出现的山火吗？"我问，"如果几年前雪莲山被火烧过，现在草木不可能这么茂密啊！"

　　"当然不是。那场山火发生在另外一座山上。我们是逃难来到雪莲山的。"一只云豹说。

　　这只云豹跟刚刚那只灵猫一样，也是折了一条腿。不过，它伤的是后腿。

　　"小红狐的父亲就是在那一场山火中离开的。要不是为了救我们，它也不至于把性命给丢了。"灵猫哽咽着说，"都怪我们连累了它。"

　　"不怪你们。要怪就只能怪那个引起山火的人。"小狐狸咬牙切齿地说着。

　　我想辩论什么，但似乎无话可说。

　　接着，小狐狸又用祈求的语气和我商量："你可不可以用画作讲讲我们的故事？讲一讲这场山火给动物们带来了怎样的伤害；讲一讲这场山火让多

少家园化为灰烬；讲一讲人类应如何与动物配合默契，演绎自然界的生死相依……我们的植物朋友可能不会说话，但是它们也有很多故事可讲。比如说，失去一种植物，可能意味着会失去一种昆虫；而失去一种昆虫，可能意味着某种灌木会失去授粉者；而失去一种灌木，可能意味着一种哺乳动物会失去它的食物……"

小狐狸将内心所有的想法一股脑儿地说了出来。周围突然安静了下来，所有的小动物都停止了活动，齐刷刷地将目光投向了我，似乎我是一轮能光照大地的太阳。

小狐狸说的这段话确实深深地震撼了我的心，我看着每一双满怀期待的眼睛，郑重地答应："一定不负所托！"

它们听到我的回答后激动得热泪直流。一只夜莺提议为我献唱一曲《雪莲山的明天》，所有未眠的动物都点头表示同意。

伴随着它的歌声，我想：我不光会讲这场山火的灾害，还会讲更多关于山火的故事，引导更多的

人关注无数个雪莲山的故事。我会讲我们的消防战士如何逆向而行，在滚滚热浪中坚守自我，保卫山林这个动物、植物和人类的共同家园的安全；会讲植物学家们如何与孤独为伍、与时间赛跑，在人迹罕至的地方为拯救某一濒危物种耗尽半生的故事；会讲一个人如何可以照亮一条路，一群人怎样可以温暖一座城的故事……

天快要亮的时候，九尾狐带着我回到了太阳山庄。

整个晚上我感觉我的头脑异常清醒，但睡得尤其香甜。当我醒来的时候，九尾狐已经不见了，那朵白蔷薇花也消失不见了……

那次之后，我曾多次踏足雪莲山的山顶观看云海，却再也没有遇见过那只小狐狸。但是，我的画作里却一次又一次地出现了它的身影……

船岛鱼鹰

（一）

女孩南荻第一次见到男孩鱼鹰是在七月的船岛，这个外形酷似一条渔船的村庄，坐落在候鸟的王国——鄱阳湖上。

鄱阳湖位于江西省北部，是中国最大的淡水湖。秋冬季节，万羽归来，烟波浩渺的鄱阳湖上到处都是候鸟，它们自由自在地捕食、嬉戏，翩然起舞，就像一群快乐的精灵，让鄱阳湖变得更加灵动起来。

船岛离南昌市差不多两个小时车程，它其实不是真正意义上的"岛"。它之

所以被称为"岛",是因为只有一条马路通往村庄，在涨水的时候马路会变成水下公路，四周都被水包围后，人们需要用船才能通往外界。要是在水汽蒸腾的春夏之际，船岛就会被朦胧的烟雨笼罩。这会儿的船岛就跟鄱阳湖融为一体了，看起来就像突然从人间蒸发了一样。

有一天，南荻从南昌市坐车来到船岛。一路上，她领略了从未领略过的美景。公路的左边是鄱阳湖，一望无垠，波澜壮阔，几只鸟儿在水面上翩然、自在地翱翔；右边有许多狗尾草、苔草、芦苇之类的，青青碧碧，随风摇曳；青草旁那一方方水田，看起来就像大地上纵横交错的棋盘，美不胜收。打开车窗，从大湖刮来的风呼啦啦地吹过，南荻感到很是畅快。

南荻到达船岛的时候正是傍晚。左边的车窗外，一轮圆滚滚的太阳正慢慢地沉入大湖，让南荻想起"长河落日圆"的诗句。右边的窗外有一团巨大的火烧云，南荻定睛一看，发现那云看起来像极了一只橘色的鹤。她深深地被火烧云吸引，赶紧下了车，想好好地欣赏欣赏！

风儿吹来，"橘鹤"缓缓地向前迈着步子。那一方方水田成了一面面巨大的镜子，倒映着"橘鹤"的身影。整片水田被染成一片橘黄色。看着火烧云，南获整个人也跟着被点燃了。她给火烧云拍了好些照片，又拍了一段视频。就在她打算上车的时候，她忽然看到火烧云下方有一群鹭鸟在飞行。刚才，她只注意到天上的火烧云，竟然把这些鹭鸟给忽略了！确切地说，这群鹭鸟是跟着农民的翻耕机翻飞的。翻耕机翻耕了一圈又一圈，鸟儿们也跟着飞了一圈又一圈。哗啦啦，哗啦啦，看起来就像是一场小小的风暴。

南获第一次看到人与鸟这么和谐的画面。这些鸟不怕人么？它们为什么会跟着翻耕机翻飞？她感到很好奇！于是，她蹑手蹑脚地沿着田埂走了过去，想用相机将这一美丽的场景记录下来。这些鸟也不怕陌生人呢，南获心想。因为她已经靠得很近了，但它们丝毫未受影响。耕地的那位农民停下翻耕机，开始拍摄鸟绕着他飞的视频。

南获想，这位农民真是有心，劳作的同时，还不忘记录鲜活、美丽的乡土中国，向远在城市的人们展现传统智慧和现代科技相结合的农耕文化！

就在南获即将靠近的时候，开翻耕机的"农民"转过身来，冲着南获笑了笑，说："嘿，要我帮你拍张跟鹭鸟的合影吗？"南获被吓了一跳，这"农民"原来是一个少年！少年长得瘦瘦的，皮肤被太阳晒成了小麦色，眼睛跟星辰一样闪烁着活力四射的光芒！这是一个让人看一眼就印象深刻的男孩，南获仿佛从他身上看到了飞鸿的潇洒、游鱼的悠然。

"合影？"南获没反应过来。

"是啊。如果你喜欢开翻耕机的话，也可以上来试试！"男孩眨眨眼，有些调皮地说。

"可是，我不会开翻耕机。"南获说。

"没关系，你可以试试。"说完，男孩伸出左手，"我拉你上来吧。"

南荻想了想，决定勇敢地去尝试一下，于是朝男孩伸出了左手。男孩轻轻一拉，她就被拉到了翻耕机上。

"坐好了！"男孩说完便开着翻耕机往前走。那群鹭鸟哗啦啦地跟着他们俩。有些鸟儿还故意飞得很近，从南荻的眼前、头发梢飞过，似乎在欢迎她的加入。南荻一阵阵惊呼，她感觉太刺激了，来自城市的她从未有过这种体验。就这样，男孩载着南荻开了一圈又一圈，直到天空中的那只"橘鹤"渐渐消失。

南荻太兴奋了，她很感谢男孩给了她这么一次体验耕作的机会。分别的时候，她赶紧自我介绍："刚刚只顾着看鸟，忘了告诉你，我叫南荻，南方的'南'，'荻'是一种野草，长得跟芦苇差不多，鄱阳湖上有很多这种野草呢。对了，这是我的电话号码，记得加我微信，把拍的视频和照片都分享给我哦。"

"行！晚上回去我就发给你。对了，我叫鱼鹰。你是来船岛旅游的吧？"

"是呀。我是来这里度假的。"南荻说,"鹭鸟为什么总是跟着你飞?它们看起来跟你很熟哦!"

"那些都是牛背鹭。翻耕的时候,它们可以啄食土里翻出的蚯蚓和虫子。这里的鸟都是不怕人的,因为我们已经把鸟儿们当成了朋友。我们决不会伤害它们,它们自然也就不怕我们。"男孩说。

"说得也是。"南荻说,"我喜欢鸟儿,它们是大自然的精灵。"

"如果你喜欢看鸟,可以在秋冬的时候再来。那会儿会有小天鹅、白额雁和白枕鹤等鸟从北方飞回来过冬。"男孩说。

"我会经常来的,因为我爸爸是这里的驻村干部。他常驻在这里。"南荻说。

听到南荻说她会经常来,男孩的心里有种莫名的欢喜。

"瞧!这是我刚刚拍的火烧云。多美的火烧云呀,就像一只橘色的鹤!"南荻翻出火烧云的照片说,"可惜,这么美的景色很快就消失了。"

说起鹤,男孩的神情变得有些凝重。他告诉南获，他曾经救过一只受伤的白枕鹤。那是一只能通人性的白枕鹤，它似乎能感受到人类对它的好。因为在它身体痊愈后，它就像一个小跟班似的经常跟在鱼鹰的身后。他们一起在芦苇丛里奔跑、嬉戏，度过了一段非常美好的时光。可是，当春天来临的时候，由于天气渐渐变热，白枕鹤无法适应这里的气候，它就依依不舍地跟着同伴飞走了。

"你这么喜欢它，一定很想它吧?"南获问。

"嗯。但放手，让它自由，是更高级的喜欢。"男孩说，"我一直都在等待初冬的到来，盼着它像个小王子一般翩然而归。"

南获无法理解等待一只鹤归来是什么感觉。听男孩的口气，她猜想这种感觉就像是等待一个远去他乡的好友归来的感觉吧。

"如果你今年冬天还在船岛的话，我可以介绍那只鹤给你认识。"男孩说，"我相信那只鹤一定会回来看我的。"

于是，南获也开始期待着冬天的到来，期待着那只被鱼鹰救过的白枕鹤的到来。

（二）

南获第二次见到男孩鱼鹰是在几天后。由于持续强降雨，鄱阳湖水位突然暴涨。船岛上的很多低矮房屋都被淹没了。一些村民厨房里的锅碗瓢盆浮在水面上，还有些村民家的桌椅被水冲走了；老母鸡拍打着翅膀在水面挣扎着，"咯哒咯哒"地叫着"救命"；大白鹅和小鸭子虽然会游泳，还是被这混乱的场面吓坏了，发出一阵惊慌的"鹅鹅鹅""嘎嘎嘎"的声音，四处乱游一通。

南获的爸爸匆忙地把南获安排在一条坐满老人和小孩的小船上，就去转移被围群众、抢救村民的物资了。给南获他们划船的是一个大爷，他对南获说："水把马路淹了，我们只能用船把大家先转移出去。"

"我爸爸叫您送我们这十多个人出去的？"南获问。

"是的。南书记说闹洪灾很危险，要先把老人和小孩等群众送到安全的地方！"大爷说。

"那……我爸爸呢？"南获很担心爸爸的安全。

"南书记说，大家安全撤离之后他才会走。你爸爸是一位好书记！"大爷一边奋力地划动船桨一边叮嘱大家，"大家坐好了，我们得赶紧离开了！看这阴沉沉的天，估计待会儿又要下暴雨了！"

船刚划出去不远，南获就听见有人在后面朝他们喊话："等一等！"

南获转身一看，原来是几天前的那个少年——鱼鹰！他也划着一条船。鱼鹰追了上来，跃上了南获他们的船，又对大爷说："邱大爷，您年纪大了。水路那么远，我担心您体力吃不消，让我陪着你们一起吧！"

说完，鱼鹰接过大爷手中的船桨。

"南书记叫你来的？"大爷问。

"我自己来的！"鱼鹰说。

"你跟南姑娘认识？"大爷又问。

"前几天认识的。"鱼鹰有些不好意思地抓了抓后脑勺，"之前我还不知道她就是南书记的女儿呢。"

"她跟南书记长得这么像，要是我，准一眼就认出来了。"大爷说完，看大家都坐稳了，就叫鱼鹰出发。鱼鹰卖力地摇起了船桨。

暴雨之下的鄱阳湖仿佛湖底潜伏着一头猛兽，摇得水面上的船晃荡得厉害，船上的老人和小孩都吓得尖叫起来。为了让大家不那么惊慌，鱼鹰边摇船桨边故作镇定地给大家讲起了南书记这几年的事迹。

"南荻，你或许还不知道吧？南书记来到村里后，给村里又是建颐养之家，又是做农家书屋，做了很多实事呢。而且，南书记还很爱护候鸟！今年，他还让村里专门留了一些水稻田给早归的鸟儿呢。这样，早归的候鸟不用担心没吃的了。"鱼鹰说。

原来，受寒潮的影响，越冬的候鸟有时会提前抵达鄱阳湖。但鄱阳湖水位还没退下去，这导致候鸟的食物短缺。得知这个情况后，南荻的父亲就动员村民将一些产量较低的水稻田留给候鸟当"食堂"。对于这些因候鸟而受到损失的稻田所有者，他曾多次向政府申请补助以解决他们的后顾之忧。这个举动让爱鸟的鱼鹰很是钦佩。鱼鹰想，如果候鸟知道南书记为它们的"食堂"这么劳心劳力的话，肯定也会像他一样尊敬南书记的。

南荻看出鱼鹰想安抚群众情绪，于是，她也配合他讲了起来："从小，爸爸就告诉我，要爱护大自然，爱护鸟类，他还叫我时不时去参加野生动物保护协会的活动呢。"

天空越来越阴沉，鱼鹰让大伙儿抓紧船舷，他得更加使劲地加速划船了。看到大伙儿听了故事变得不再惊慌，鱼鹰一边划船，一边继续讲故事。

　　"生活在鄱阳湖上的人，跟候鸟都会有很多故事。有年冬天，鄱阳湖上结冰了，冰把船冻住了，也把很多候鸟吃的食物冻住了。于是，我们就给那些鸟儿准备了一些食物，放在附近的草洲上。白鹤、野鸭子、小天鹅它们看见了食物，就知道是我们给的，它们边吃还边发出欢快的叫声。"鱼鹰边回忆往事，边卖力地划船。

　　邱大爷似乎被鱼鹰的话感染了，他也开始回忆往事。他说他曾经让家鹅孵了一窝野鸭蛋，孵化出来的野鸭子个个都肥肥胖胖，最后它们都重返了大自然。说完，邱大爷还唱起了渔歌子，唱到动情处，他还吆喝起来。

　　万顷烟波的鄱阳湖上，他们的小船不停地晃荡着，仿佛飘零的树叶，而鱼鹰一直都是那么淡定、沉稳，他把船控制得很好，让船行驶得又稳又快。

南荻感觉，鱼鹰安静的时候，看起来很像是一只优雅的鹤。

大约一小时后，天空便噼里啪啦下起暴雨来。南荻从船舱里给鱼鹰拿了一把伞。可她刚把伞撑开，一阵风就差点把伞刮走了。

"你别出来，这样太危险了！"鱼鹰催促南荻赶紧回到船舱去。

"小伙子，还是我来划吧！"邱大爷从船舱里出来，"这种恶劣天气，船晃晃荡荡，很不好划！"

"邱大爷，您放心吧！这种天气我又不是第一回划船！"鱼鹰说。

虽然风雨越来越大，船越来越晃荡，但鱼鹰凭借冷静的头脑和娴熟的划船技术，将大家顺利送到了安全的彼岸。

经过此事，南荻感觉鱼鹰跟她周围的同龄人很不一样。她被鱼鹰的机智、勇敢以及乐观深深地打动了。

后来，南荻对鱼鹰有了更深的了解，她发现鱼鹰现在看起来乐观，因为家境问题却并非如此。由于鄱阳湖这几年禁渔，他的原来靠捕鱼为生的父亲去外面做建筑工了，母亲留在船岛种田。鱼鹰的母亲身体不好，早年去野外采摘春不老的时候，不小心感染了血吸虫病，虽然一直在治疗，但没法根治。为了减轻家庭负担，鱼鹰开始学开翻耕机之类的，尽可能地帮母亲多干一些农活。后来，当地政府知道了鱼鹰的家庭境况，就利用相关政策给他们家提供了一些救助，他们家的境况才慢慢得到了好转。这些年，鱼鹰不但没有在困难中消沉，反而更加积极乐观，还时不时帮助他人，对候鸟的保护也很热心，让当地人肃然起敬。

"血吸虫是什么？"南荻问。

"一种寄居在钉螺里的寄生虫。"鱼鹰说。

"春不老又是什么？"南荻问。

"一种野菜。母亲说，她得病怪血吸虫，但不怪春不老！"鱼鹰说。

后来，南荻不再提血吸虫，她只偶尔提一提春不老。鱼鹰说，他喜欢春不老，觉得这道野菜的名字很诗意，春天虽然短暂，但美好，美好的时光

永远不会老去。南荻对鱼鹰更加刮目相看了，她感觉，他在逆境中长大，却活成了一束光，这是多么难得！

（三）

在鱼鹰和南荻热切的盼望中，初冬如期而至。随着枯水期的到来，鄱阳湖开始展现出它诗意而浪漫的另一面。瞧，近处的湖滩上长出许多雪白雪白的芦苇，还有像发丝一样柔软的翠绿水草；远处，

绵延几公里的大片蓼子花在风中低吟浅笑。天鹅、白鹤、大雁、野鸭子等候鸟纷纷飞来，几只、几十只、几百只、几千只、几万只……船岛成了候鸟的天堂。它们时而在芦苇丛中驻足，时而在草洲上出没，时而在村民的水稻田"食堂"觅食，为鄱阳湖增添了无限的生机与灵动。

这些候鸟有些是不顾长途跋涉，不远万里地从遥远的西伯利亚飞回来的。鱼鹰的白枕鹤呢？它是不是正在飞越万水千山？

在一个天气晴朗的傍晚，伴随着血色的火烧云，鱼鹰苦苦等候的那只白枕鹤终于飞回来了。白

枕鹤看上去风尘仆仆，但它见到鱼鹰的时候似乎异常兴奋，因为它朝鱼鹰飞来时鸣叫得那么欢快而热切。鱼鹰见到他的鹤时也恨不得长出翅膀朝着它飞去。

"我的朋友，欢迎你回家！"鱼鹰激动地朝白枕鹤欢呼。

白枕鹤似乎听得懂鱼鹰的话，又发出一阵欢快的叫声，似乎要和鱼鹰讲述它在大江南北看到的、听到的各种故事。但天色已晚，鱼鹰叮嘱白枕鹤好好休息。

第二天清晨，鱼鹰便迫不及待地向南荻介绍了他的白枕鹤。南荻太喜欢这只白枕鹤了，不断地称赞它通人性、有灵气！白枕鹤似乎也感受到了南荻对它的友善，便渐渐地放松了对南荻的警惕。

鱼鹰和南荻带着白枕鹤来到粉色的蓼子花草滩上，他们一起追逐，一起玩耍。因为白枕鹤的归来，鱼鹰脸上绽放出了更加灿烂的笑容。他还根据鸟类学家的研究，为白枕鹤播放他精心挑选的音乐。鹤是有音乐天赋的，它听了鱼鹰的曲子便会摆出相应的姿势。它是那么优雅，看起来像是在翩然起舞。

鱼鹰跟南荻聊了很多关于候鸟的故事，也聊了很多船岛人们跟候鸟之间的故事。他还指着眼前的鸟儿进行现场教学，给南荻介绍候鸟的品种，比如：嘴长、脖子长、脚长的东方白鹳，嘴长直、扁阔似琵琶的白琵鹭，两胁羽毛上有黑色鳞纹的中华秋沙鸭……

"你知道吗？过段时间，芦苇丛中会有一些野鸭子在那里下蛋，所以我们在这里玩耍的时候要特别小心哦，千万不能把蛋踩坏了！"鱼鹰连说话的声音都是小心翼翼的。南荻发现，鱼鹰对鸟的品种和习性非常了解，看得出他是真的很喜欢、很爱护鄱阳湖上的这群精灵。

"为了保护候鸟，船岛这两年都设有专门的候鸟巡护员。他们负责候鸟的科研、监测和保护等工作。我的理想就是长大后当一名候鸟巡护员。"鱼鹰对南荻说，"我还要学会摄影，把鸟儿们最优雅的姿态都拍下来。"

时间过得飞快。鄱阳湖的天气渐渐变暖，冬天就要过去了。白枕鹤又要离开鄱阳湖了，鱼鹰看上去心事重重的。他舍不得让白枕鹤离开。

"你这一走，又得来年冬天才能相见了。"鱼鹰望着白枕鹤说，"这里离西伯利亚万里迢迢，你一路上肯定很艰辛，真让人放心不下啊！"

白枕鹤似乎也不想离开鱼鹰，不想离开美丽的船岛。到了二月底，大部队已经陆陆续续地离开了，白枕鹤却迟迟不肯离去，它总是徘徊在湖的上空，好像在看望鱼鹰。惊蛰过后，白枕鹤终究还是得跟鱼鹰告别了。那天下了一场大雨，看到被雨淋湿羽毛的白枕鹤，鱼鹰眼里心里满是不舍与感动。

白枕鹤立在草丛，为鱼鹰摆了个类似"挥手再见"的动作，意在告诉鱼鹰它要远行了。可就在它欲振翅飞翔之时，鱼鹰听到一阵凄厉的叫声。鱼鹰闻声后有种不好的预感，他感觉白枕鹤遇上危险了！

鱼鹰朝着白枕鹤飞奔而去。果真，白枕鹤正在跟一条毒蛇搏斗！毒蛇把白枕鹤死死地缠住了，而白枕鹤也紧紧地啄住了毒蛇的脖子！

鱼鹰十分担心白枕鹤受伤，操起一截小竹竿就疾走如飞地赶过去。

鱼鹰曾经顺利地驱赶过几条毒蛇，所以他一点也没有感到害怕！看到白枕鹤陷入危难情境，鱼鹰急切地想施以援手。这一次他却没有那么幸运，他不但没有顺利驱赶走毒蛇，反而被咬伤了右腿！

白枕鹤看到鱼鹰为了救它而被咬伤，斗志一下子被激了起来。它愤怒地扑向毒蛇，用喙狠狠啄击蛇的颈部。那条毒蛇看到白枕鹤疯了一般的劲头，便急切地溜进草丛，逃之夭夭了。

白枕鹤见鱼鹰被蛇咬伤，便立刻飞去给鱼鹰

的母亲报信。鱼鹰的母亲看到草丛中的鱼鹰，便明白了一切！但是，家中所备解蛇毒的药已用尽，她只好先用布条绑住鱼鹰的右腿，以免毒素扩散。接着，她又竭力帮鱼鹰把毒汁挤出来。一番紧急处理后，鱼鹰的母亲叫来邻居，并拜托他将鱼鹰送往附近的医院。一路上风雨不停，鱼鹰的母亲忧虑重重，而和她一样陷入忧虑的还有那只白枕鹤。它一直跟在车子的后面，不时地发出阵阵沙哑的哀鸣。

到达医院后，经过医生的紧急抢救，鱼鹰总算脱离了生命危险。

"好在你们之前处理了一下伤口，并且送医及时！否则，这条腿恐怕是保不住了。"医生说，"小伙子以后可别干捉蛇这种事了，太危险了！"

"医生，您别再说了。我儿子被咬其实是为了救白枕鹤！"鱼鹰的母亲说道。

"救鹤?"医生指了指窗外那只耷拉着脑袋的白枕鹤问，"您说的是它吗?"

"是的。"鱼鹰平静地回答。他看上去是那样波澜不惊，仿佛之前令人毛骨悚然的事情从未发生过似的。

这天，白枕鹤看起来就像一个做错了事的孩子。它一直耷拉着脑袋站在窗外，发出一串奇怪的声音，仿佛是在自责，又像是在忏悔。

南荻几天后知道了这件事，便赶着去看鱼鹰。

"听说你为了救白枕鹤被蛇咬了？"南荻关切的话语中透着责怪，"你不要命了？那可是毒蛇呢！"

"当时情况很危急，我没顾得上那么多，只想救它。"鱼鹰为自己辩解道。

"我知道你爱护白枕鹤、爱护其他候鸟，可是你也得爱护好自己啊！"南荻说，"你要是出了事，那可怎么办呢？"

鱼鹰不再回答南荻的问话，他悠悠地从里屋走了出去，来到了春水初涨的湖边。早已等候在湖边的白枕鹤看到鱼鹰后，立马拍打着翅膀飞了过来，停在鱼鹰的面前。看到鱼鹰恢复活力的模样，白枕鹤显得很开心。它不停地跳跃、欢快地鸣叫着，一会儿将翅膀张开，一会儿将脑袋贴着鱼鹰

的手。最后，它将头低下去，看起来像是在给鱼鹰"鞠躬"。

"小白鹤，你是在给我道歉吗？你不需要道歉哟，我们是朋友啊。朋友之间就是需要相互帮助的啊！"鱼鹰轻轻地摸了摸白枕鹤的头。

听到鱼鹰这么说，南荻一下子被他的温柔话语逗乐了。

虽然鱼鹰没有责怪白枕鹤，但白枕鹤似乎没有原谅自己。天气越来越暖，白枕鹤对这里的气候已经越来越不适应了，可它还是没有离开的意思。

"小白鹤，天气越来越暖，你得赶紧离开这里，飞往更适合你生活的地方。"鱼鹰抚摸着白枕鹤的背说，"离别是为了更好的重逢。快走吧，再不走就真的迟了！记得冬天再回来看我，我会在这里等你的！"

白枕鹤点了点头，又发出一阵奇怪的声音，仿佛在告诉鱼鹰它明白了。

"走吧！你要是再不走，我就真的不理你了！"

鱼鹰狠下心来将白枕鹤推开。

这时，白枕鹤依依不舍地转过身子，张开双翅朝着云端飞了起来。它一边飞还一边发出一阵嘶哑的叫声，像一个故友一样跟鱼鹰深情话别。

"小白鹤，一路平安！"鱼鹰朝着白枕鹤渐飞渐远的背影挥手。

就这样，鱼鹰一动不动地目送着白枕鹤离开，直到它消失在黛色的远山之外。最后，他转过身微笑着对南荻说："小白鹤去寻找诗和远方了，我们也回家吧！"

南荻知道鱼鹰其实很舍不得白枕鹤离开，但是他知道白枕鹤有更适合它的生活。那是一种白枕鹤该过的生活，那种生活充满挑战却无限自在。

她发现鱼鹰无论经历什么总是爱说爱笑的，他的勇敢和乐观真是刻在了骨子里……南荻注视着鱼

鹰，正准备夸赞他。这时，鱼鹰也抬眼看着她。彼此的目光撞在一起，竟让他们俩都有些不好意思起来。

正是春天，鄱阳湖畔的田野里到处都是油菜花。鱼鹰指着油菜花问南荻："你喜欢油菜花吗？"

南荻点了点头，说："喜欢。我喜欢一切跟鹤一样美好的事物。希望大家都爱护生态，爱护鹤。"

"嗯，我们一起努力……长大后，我要成为一名更专业的候鸟保护者！"鱼鹰说。

回家的路上，鱼鹰吹着用树叶折成的口哨，在满是芦苇的小路上快乐地奔跑着，南荻小跑着跟在他的身后。风儿吹来，芦苇摇曳，黄花飞舞，口哨声落得满地都是。

看着鱼鹰轻盈的背影，南荻忽然感觉，他不就是她初来船岛时，天空中出现的那只温暖的"橘鹤"吗？

来自夏布国的采莲

夏荷村的夏天是属于荷花的。

每到夏天，夏荷村的荷花竞相开放，如身穿红、粉、白裙的仙子从天而降。绵延的荷塘里，绿油油的荷叶、娇艳欲滴的荷花交相辉映，让人想起"江南可采莲，莲叶何田田""接天莲叶无穷碧，映日荷花别样红"等诗句。

阿年的家就在荷塘深处，在一座大山脚下。荷花盛开时，整个村子花香弥漫，让人心旷神怡。但他腼腆内向、胆小自卑，惯用消极的眼光看待周围的一切，如见夏日荷花始盛开便联想到秋日萧条、雨打残荷，见天上有一片云便联想到狂风大作、雷雨交加，这导致他几

乎没有什么朋友。医生甚至说他是一个"来自星星的孩子"，意思是有"自闭症"，但他的父母不敢把这个沉重的词语告诉他，担心这个词语会让他变得更加自闭。

有一天，阿年静静地靠着荷塘边一棵古老的香樟树，表情凝重地望着西边的天空，脑海里不断翻滚着近日发生的糟心琐事。比如，因自家牛犊踩踏了人家的庄稼而挨了一顿骂；菜园里刚长出的青青菜苗被邻居家的母鸡啄光了叶子；村里的女孩们见到他就像见到瘟神似的躲着……

"我的生活实在是太糟糕了！"阿年自言自语。

就在阿年自顾自地唉声叹气时，他似乎听到一阵风吹铃铛般的笑声隐隐约约从荷塘飘来。刚开始，阿年以为自己心神不定，出现了幻听。但经过再三细听，他确定这笑声就来自荷塘深处。阿年蹑手蹑脚地走向荷塘，但他还是只听到笑声，不见人影。他循着笑声拨开一片荷叶，忽然看见一朵粉嫩的荷花瓣里坐着一个拇指大小的姑娘。小姑娘梳着高高的发髻，眉如弯月，眼若秋波，双颊带粉，唇

若点樱，巧笑倩分，如出水芙蓉般清丽灵动。

"你是？"阿年平时极少跟女孩子说话，一说话他的脸就涨得通红，这次也不例外。

"您就叫我采莲吧。"小姑娘怯怯地说，"您可以帮我去找一把夏布绣团扇吗？"

"夏布绣团扇？"阿年很好奇这个小姑娘为什么要找这个。

阿年知道夏布绣，他的祖母、母亲以及村子里的很多姑娘们都会夏布绣，尤其是母亲，她的绣工不仅在村里很有名，在全国都是有名气的，她还带着她的夏布绣作品参加过不少全国的博览会。

所谓"夏布"，其实就是用苎麻纺织成的平纹布、罗纹布，这种布是纯手工制作的，历经绩麻、整经、穿筘、上浆和织布等工序。阿年很清楚地记得，母亲教村里的姑娘们刺绣时曾说，夏布绣的绣工细腻，绣娘运用透针、平针、套针和滚针等40多种针法，在传统的鹅黄、茶染、原麻色的夏布上巧绣大自然的草木，给人一种大方素静、古朴清雅之感。

"是的，一把绣着荷花和少女的夏布绣团扇。"采莲点了点头，说。

原来，采莲是夏布绣团扇上的莲姑娘，来自一个神秘的夏布国。那个国度有各种各样的花鸟虫鱼，就是缺少荷花，即使有一些，那些荷花也是没有香味的，跟人类世界里的荷花实在是没法比。由于实在太喜欢荷花，喜欢闻荷花的清香，采莲就偷偷跑出来了，在荷塘玩了个尽兴。没想到，就在她想回到扇子里的时候，那把扇子却不见了。

阿年立马想起了祖母的一把夏布绣团扇，那是几十年前她还是个少女时绣的。他想，采莲应该就是从那把团扇里跑出来的。现在一想，那把扇子上画的少女跟采莲长得还真的挺像的。只是，在采莲出现之前，他极少去关注那把扇子，更不会去注意扇子上的那位少女。那把扇子原本放在阿年祖母房间的柜子上。昨天，祖母把扇子送给了他的母亲。

"我知道怎么回事了。"阿年说。

阿年立马飞也似的跑回家，从母亲的房间翻

找出了那把夏布绣团扇，小心翼翼地拿着它来到荷塘边。

"请问，是这把夏布绣团扇吗?"阿年问。

采莲点了点头。为了表示感谢，采莲给阿年表演了一段舞蹈。她是个十足的舞蹈家呢，跳起舞来，比阿年看过的电视里的舞蹈演员跳得都好，那一颦一笑是如此动人，举手投足里都是韵味，阿年看呆了。

阿年想，有谁能看到夏布绣团扇的莲姑娘在花瓣上跳舞呢? 除了自己，恐怕没有别人了。想到这里，阿年觉得自己是这个世界上最幸运的人。

"谢谢你，让我欣赏到了这么好看的一段舞

蹈。"阿年说，"以前，村里的女孩子都不理我，你却对我这么好，跳这么美的舞蹈给我看。"

"我要谢谢您，不然我就回不去了！"采莲说，"您的心肠这么好，她们不可能不理您的，是您不搭理人家吧？"

听了采莲这么说，阿年不知道怎么回答她了。确实，他自己也搞不清，到底是别人不搭理自己，还是自己不愿意搭理别人。久而久之，他就变得越来越孤僻了。

"荷塘里的生活真是太有趣了，我多想一直藏在这里不走啊！"采莲说完，从荷花上跳了下来，"扑通"一声跳进了水里，游起泳来。只见她活像一条美人鱼，游得自在极了。

一只小青蛙看见了，也从荷叶上跳进了水里，朝着采莲"呱呱"地叫着。采莲似乎听懂了青蛙的话，骑到了青蛙的背上，把青蛙当成了坐骑。青蛙载着采莲，在荷叶间蹦来跳去，逗得采莲咯咯地笑了起来。那笑声就像珍珠，洒满了荷塘。

阿年被这种欢乐的气氛感染了，他也跟着笑了起来。他开始觉得这个世界没有他想象中那么糟，有趣的事情还是有的，只是他之前没碰到而已。

"阿年，您能下来陪我们玩儿吗？"采莲问阿年。

阿年点了点头。他挽起裤腿，走下荷塘，钻进荷叶丛中。采莲长得太小了，他得尽量弯下身子，才能靠近她。

"我们要走咯，您跟得上吗？"采莲说完，跟青蛙说了一些很奇怪的词语，青蛙载着她又开始在荷叶下的水面跳跃了。

阿年加快脚步，跟了上去。就在他即将靠近采莲的时候，他伸出了一只手掌，青蛙载着采莲跳到了他的掌心，还朝着他"呱呱"地叫了起来。

"采莲，青蛙在跟我说什么？"阿年问。

"青蛙说，您真有趣！"采莲答道。

"对，我以后要做一个有趣的人！"阿年默默地想。

　　就这样，阿年跟采莲和青蛙玩了很久，直到天黑才想到要回家。

　　"时间过得真快！天黑了，我得回家了！"阿年说。

　　"我也得回我们那个国度了。阿年，我们是朋友了，对吗？在我回到扇子里之前，您能答应我一个请求吗？"采莲有些犹豫地说。

　　"当然，我们是朋友了！请说说你有什么需要我帮助的。"阿年爽快地说道。

　　"请您每天对着这把夏布绣团扇笑一笑，好吗？我喜欢看您笑，不喜欢您每天皱着眉头哦！"采莲指了指阿年拿来的夏布绣团扇，说，"还有，每年夏天，您能拿着这把团扇来几趟荷塘吗？让我近距离接触一下真正的荷花，闻一闻荷花的香味。这样，我就心满意足啦。"

　　阿年毫不犹豫地答应了采莲的请求。自从遇见了采莲后，他发现，笑起来也不是那么困难的事。

　　后来的两三年里，在荷塘边总能看到一个拿着夏布绣团扇的阿年。他时不时看看荷花，时不时看团扇，好像是在跟谁分享荷塘美景。

　　渐渐地，阿年不再内向，他变得越来越阳光，越来越喜欢跟人家交流了。再后来，他热爱上了夏布绣，还跟祖母和母亲学起了传承夏布绣的手艺。几年来，他绣了很多的荷花团扇，那些荷花或完全绽放，或含苞待放，惟妙惟肖，栩栩如生。如果可以，他甚至想把荷花的香味也绣进夏布里面去呢！他想，居住在夏布国里的采莲，一定会喜欢这些在夏布上绽放的荷花的……

修补回忆的狐狸

　　云雾闹小镇有一间很特殊的店，店里有一个玩偶修理师，她是一只狐狸，大家都亲切地称她为狐狸奶奶。狐狸奶奶修补了一辈子的玩偶，虽然现在年纪大了，但她还是戴着一副厚厚的老花镜，为云雾闹小镇的居民修补一个又一个旧旧的玩偶。

　　这些玩偶修补起来都很不容易，因为狐狸奶奶需要找到特殊的材料才行。比如，她有时需要有一根比头发丝还细的绣花针，还要有用清晨的阳光做成的金线。清晨的阳光是一天中最新的，用它做的金线缝补过的玩偶，往往能让主人心中充满希望。要是用中午的阳光做

的金线就会有点脆、容易断，而用傍晚的阳光做成的金线则有一点点惆怅的味道，用它缝补过的玩偶会让主人时不时地伤感流泪。

狐狸奶奶修补过各种各样的玩偶。有用金线和棉花织成的娃娃，这是一个向日葵精灵送给女儿的生日礼物；有用天上的星星和云朵做成的娃娃，这是风先生送给他的小女儿的礼物；有用一抹晚霞和几朵玫瑰花做成的娃娃，那是鹰爸爸送给小雏鹰的礼物；也有用树叶和兽毛做成的娃娃，那是老虎先生送给小老虎的礼物……

每个玩偶的背后都有一个难忘的故事和一段珍贵的回忆。

向日葵精灵的女儿叫灿灿。她的眼睛有先天性弱视，看东西不是很清楚，很多精灵都不愿意跟她在一起玩。而用金线编织成的娃娃，给她留下了美好的童年记忆。这个玩偶会发出温暖的光，冬天的时候，灿灿抱着它睡觉，一点儿都不会感觉到冷。它还会一些小魔法，能够突然把自己变成一朵金灿灿的向日葵，让灿灿在寒冬腊月也能感受到温暖。

可是，多年过去了，这个玩偶身上的金线已经变得很脆了，动不动就会断掉。

"这个玩偶就像一束光，照亮了我整个童年。"灿灿说，"狐狸奶奶，请您一定要帮我修补好它，我不能没有它。"

狐狸奶奶小心翼翼地接过灿灿手中的娃娃，微笑着说："放心吧，灿灿，我会把它修补得跟新的一样，你一个星期后来取吧。"

"谢谢狐狸奶奶。"灿灿拍了拍翅膀，高高兴兴地飞回家了。

为了修补好这个玩偶，狐狸奶奶又赶紧去买了一些跟娃娃颜色接近的金线，它们每一根都充满着希望。随后，狐狸奶奶就在桌前一坐，一针一线地对娃娃进行修补。

一个星期后，灿灿来到狐狸奶奶的店里，发现玩偶果然被狐狸奶奶修好了，灿灿开心极了。她飞到狐狸奶奶的面前，深深地亲吻了狐狸奶奶的额头，表示衷心的感谢。

风先生的小女儿叫九儿，她是风先生和一朵

玫瑰花生的孩子。风先生太爱九儿了。在九儿5岁生日那天，他带着九儿飞到天上，让她亲手摘了几颗星星和几朵云。然后，风先生教九儿做了这个玩偶。过完这次生日，风先生就离开了，一直都没有在九儿面前出现过。九儿是多么想念风爸爸呀！每每想念他的时候，九儿就抱着这个玩偶入睡，跟玩偶说话。风爸爸告诉过九儿，看到这个玩偶，就等于看到了他，跟玩偶说话，就是在跟他说话。可是，多年过去了，现在这个玩偶已经掉了一颗星星，还掉了一朵云。

"这个玩偶是爸爸留给我的最珍贵的礼物。"九儿说，"狐狸奶奶，请您一定要帮我修好这个玩偶，我不能没有它。"

狐狸奶奶小心翼翼地接过九儿手中的玩偶，微笑着说："放心吧，九儿，我会把它修补得跟新的一样，你一个星期后来取吧。"

"谢谢狐狸奶奶。"九儿放心地回家了。

为了修补这个玩偶，狐狸奶奶赶紧叫一只三头鸟去天上摘下一颗最亮的星星，又摘来一朵洁白的云。随后，狐狸奶奶就在桌前一坐，一针一线地对娃娃进行修补。

一个星期后，九儿来到狐狸奶奶的店里，发现玩偶果然被狐狸奶奶修好了。九儿开心极了，她跑到狐狸奶奶的面前，深深地亲吻了狐狸奶奶的脸颊，表示衷心的感谢。

鹰小姐的名字叫旭儿。小时候，她无论怎么努力，都不能像别的鹰一样飞得那么高远，同伴们都嘲笑她，她感到很孤独。于是，鹰爸爸就送了这个用晚霞和玫瑰花做成的玩偶给旭儿。有了这个玩偶的陪伴，旭儿不再感到孤独了，她总是喜欢摸着玩

偶，跟它说心里话，她把玩偶当成了知心朋友。可是，多年过去了，这个玩偶身上的玫瑰花已经掉了两朵，晚霞也不再有绸缎一般的光泽了。

"这个玩偶是我的知心朋友。"旭儿说，"狐狸奶奶，请您一定要帮我修好这个玩偶，

我不能没有它。"

狐狸奶奶小心翼翼地接过旭儿手中的玩偶，微笑着说："放心吧，旭儿，我会把它修补得跟新的一样，你一个星期后来取吧。"

"谢谢狐狸奶奶。"旭儿放心地回家了。

为了修补这个娃娃，狐狸奶奶赶紧找来两朵极其娇艳的玫瑰花，又叫三头鸟去天空裁剪了一抹晚霞。随后，狐狸奶奶就在桌前一坐，一针一线地对娃娃进行修补。

一个星期后，旭儿来到狐狸奶奶的店里，发现玩偶果然被狐狸奶奶修好了。旭儿开心极了，她飞到狐狸奶奶的面前，深深地亲吻了狐狸奶奶的鼻尖，表示衷心的感谢。

小老虎的名字叫阿呜。阿呜小时候特别胆小，还很怕黑。为了给阿呜壮胆，虎爸爸把这个用树叶和兽毛做成的玩偶送给了他。有了这个玩偶的陪伴之后，阿鸣不再胆小了。后来，虎爸爸离开了这个世界，阿鸣坐上了虎王的宝座。可是，多年过去了，这个玩偶身上的树叶已经枯烂了。

"这个玩偶让我学会了勇敢。"阿鸣说，"狐狸奶奶，请您一定要帮我修好这个玩偶，我不能没有它。"

狐狸奶奶小心翼翼地接过阿鸣手中的娃娃，微笑着说："放心吧，阿鸣，我会把它修补得跟新的一样，你一个星期后来取吧。"

"谢谢狐狸奶奶。"阿鸣放心地回家了。

为了修补这个玩偶，狐狸奶奶赶紧找来几片绝美的树叶，就连树叶的纹理也跟阿鸣描述的相差无几。随后，狐狸奶奶就在桌前一坐，一针一线地对娃娃进行修补。

一个星期后，阿鸣来到狐狸奶奶的店里，发现玩偶果然被狐狸奶奶修好了。阿鸣激动极了，他走到狐狸奶奶的面前，深深地鞠了一躬，表示衷心的感谢。

就这样，几十年来，狐狸奶奶给云雾闹小镇的

很多居民修补玩偶。修好的玩偶让大家找回了许多
童年的回忆，他们对狐狸奶奶很是感激。

这一年的冬天，下了一场前所未有的大雪。皑
皑白雪把整个云雾闹小镇包裹住了，小动物们都在
雪地上扔雪球、打雪仗、堆雪人，狐狸奶奶却永远
地离开了世界。大家发现，狐狸奶奶面带微笑，手
里拿着一个玩偶，那是一只小白兔的玩偶。狐狸
奶奶的神情看起来是那么安
详，上扬的嘴角似乎在告诉
大家，她只不过是进入了一
个梦的甜乡，也似乎在叫大
家不要哭泣。

"早知道会这样，我就
不叫狐狸奶奶修补我的玩偶
了，是我连累了狐狸奶奶。"
小白兔哭泣着说。

后来，大家把狐狸奶奶
修补过的玩偶都放在她的身
边，他们打算让这些玩偶永

远陪伴着她。因为，这些玩偶不仅仅有他们童年的回忆，也因狐狸奶奶修补过而有了她的回忆。

雪下得越来越大，把狐狸奶奶和玩偶裹在了一起，让狐狸奶奶的小屋看上去就像一个琥珀。第二年的春天，这个"琥珀"长成了一棵神奇的树，树上开着五颜六色的花，也长着形状不一的树叶，结出的果实竟然像狐狸奶奶修补过的玩偶。如果你有机会去那里，不妨在清晨的时候去看看这棵"琥珀树"，因为这棵神奇的树会在清晨的阳光中散发出被光阴煮过的回忆的香味……

沙窝窝

沙窝窝,

沙窝窝,

带子带女出来坐。

你有窝,

我有窝,

大家一个金窝窝。

　　湖塘村里的每个孩子都能唱出这首耳熟能详的童谣。在有细沙的山坡上,只要细心观察,就会发现像陨石坑一样的沙子窝。这些沙子窝很小很小,呈旋涡状,是一种小虫子的家。这种小虫子就是"沙窝窝"。沙窝窝挖的沙子窝虽然很不起眼,却足够吊起孩子们的好奇心。

沙窝窝其实是当地人对蚁狮的俗称，这种虫子大多生活在疏松干燥的细沙或细土中。在丘陵坡、山洞里、墙脚处、沙滩上的沙质地表上都可以看见它们的身影。它们最大的特点就是：无论是挖坑还是走路，总是喜欢倒着来。

沙窝窝是一种很机灵的虫子。如果你直接挖它的窝，基本上是很难找到它的踪影的。因为稍有动静，它就会钻到其他地方去。那孩子们是如何抓到它的呢？他们会用头发去钓！

花谷是村里钓沙窝窝的好手。她总是能用一根细长的头发，像大人们钓鱼一样将沙窝窝钓上来。要是幸运的话，她一下子能从一个沙子窝里钓上两三只沙窝窝呢。

别看花谷个头小，人长得黑黑瘦瘦的，她的头发却异常乌黑浓密，快长及半腰了。长头发可是钓沙窝窝极好的工具之一呢。只有一头短头发的男孩子们，别提有多羡慕了。因此，男孩子们为了钓沙窝窝，都会想方设法地向花谷"借"头发。

花谷很珍爱自己的头发，她才不乐意把自己的头发"借"给那些调皮捣蛋的男孩子！有时候，男孩子们为了得到花谷的头发便会故意耍起小聪明来。比如，他们会将苍耳粘在她的长发上，再假装好意说要帮花谷清理掉。苍耳可谓植物界的"刺猬"，浑身都是刺，只要是谁的头发粘上了它，它就会和头发纠缠得难解难分。没办法将苍耳和头发分开怎么办？那只好忍痛割爱，剪去一些头发了。这样，男孩们就可以趁机弄到花谷的一些头发了。

"是谁把苍耳弄到我的头发上的？"每当花谷这么一问，男孩们都会面面相觑，然后急忙摇头表示否认。花谷为了避免出现这样的场景，总会刻意和那些男孩保持距离。但男孩们都爱钓沙窝窝，花谷自己也很喜欢，所以他们又会不可避免地接触到。

这是一个阳光明媚的午后，花谷跟往常一样，带着弟弟妹妹来到家对面的草坡上玩耍。来这里玩什么呢？当然是钓沙窝窝了！

"看，姐姐又把沙窝窝钓起来了！"花谷的弟弟小丰兴奋地叫着，脸上露出了十二分的崇拜。

"姐姐真厉害！"花谷的妹妹小岚也拍手叫好。

花谷钓沙窝窝的技术是好得出奇的，所以对弟弟妹妹的夸赞早已习以为常，正如她早已习惯老师和同学赞扬她学习成绩优秀一样。

看到姐姐轻易地将沙窝窝钓了起来，蹲在旁边看的小丰早就跃跃欲试了。于是，他轻轻地扯了扯花谷的衣角，指着旁边几个小小的沙子窝问道："姐姐，姐姐，可不可以让我也钓一下？"

花谷瞅他那充满期待的小眼神，便扯断一根头发递给小丰："喏，拿去吧！"

小丰学着花谷的样子，一本正经地钓起了沙窝窝。不过，这些沙窝窝好像故意跟小丰作对似的，就是不出来。

"小丰，你要边钓边转动手中的头发才行哦。"花谷一边说一边示范给小丰看。

小丰似懂非懂地点点头。

看到姐姐和小丰都在钓沙窝窝，小岚早已按捺不住，也想尝试一番。

"姐姐，让我也试一试吧！"小岚说。

于是，小岚接过花谷手中的头发像模像样地钓了起来。但小岚跟小丰一样,钓了好久也没有半点收获。

小丰和小岚只好认输,并将剩下的沙子窝都让给花谷。在小丰和小岚的一声声惊叹与赞扬中,花谷轻而易举地将许多沙窝窝都钓了起来。他们把钓起来的沙窝窝放在一个罐头盖上。对于沙窝窝这种微型虫子来说,一个罐头盖就像是一个宽敞的休闲广场。

正当花谷他们玩得高兴时,毛茂拿着几只钓到的沙窝窝得意扬扬地晃悠过来,嘴里还不忘笑话小丰和小岚:"哎哟,你们俩怎么只会像跟屁虫一样跟着姐姐,而不会自己动手钓钓啊?"

小丰和小岚被气得满脸通红,喊道:"要你管?我们就喜欢跟着姐姐,怎么了?"

毛茂不屑地看了看他们,然后握紧拳头,扬起右手,在空中连续转了几圈,奋力地将手中的沙窝窝扔向了远处杂乱的草丛中。

花谷见状便气呼呼地走过去跟毛茂说:"你应该把沙窝窝放回有细沙的山坡上,不能乱扔到草丛

里去！"

"这是我钓的沙窝窝，我想怎么处置就怎么处置。你管得着吗？小瘦猴！快走开！"毛茂嬉皮笑脸地说道。

"这些小虫子也是生命呀，你应该学会尊重并爱护弱小的生命。它们在草丛里是没法做窝的，没法做窝就等于失去了家。"花谷义正词严地和毛茂说。

"不就是几只小虫子吗？"毛茂轻蔑地说，"你再这样，我就把这些沙窝窝拿回家喂鸡。"

理亏的毛茂自知说不过花谷，便冷"哼"了一声，愤愤地跑到甘蔗地去抓蝗虫了。他家前两天刚孵出一窝毛茸茸的小黄鸡，他得去抓蝗虫喂它们了。

"毛茂真是太气人了！"花谷被毛茂气得龇牙咧嘴。

在花谷的带领下，村里的孩子们最近都会将钓出来的沙窝窝安全地放回到原来的沙子窝里。就是这个毛茂屡教不改，把花谷气得够呛。

"我们得想个办法制止毛茂钓沙窝窝，他太不讲规则了！"花谷说，"要是大家都像他这样，我们还有沙窝窝可钓吗?"

"姐姐,你说我们该如何制止他?"小岚说,"只要你有需要,我保证全力配合!"

"对!我们肯定无条件配合!"小丰附和道。

"光靠你们配合可不行,我还得跟其他男孩子说说这件事!"花谷撑着脑袋盘算着。

后来,花谷设法叫来几个跟毛茂玩得很要好的男孩子。她跟他们约定,只要他们能够让毛茂改邪归正,善待沙窝窝,以后钓沙窝窝需要用头发就直接找她。

这个法子还真是灵。为了得到花谷的头发,男孩们果真制止了毛茂,让毛茂从此对沙窝窝变得尊重起来。

不过,这让花谷的头发变得越来越短了。原本如瀑布般长及半腰的黑发,现在只与肩膀齐平了。没有高高的马尾的掩护,花谷整个人看起来显得更黑更瘦小了。"小瘦猴"这个外号也被班上的同学叫得越来越响亮,这不禁让花谷怀念起自己的长发来。

　　这是一个夕阳如火、晚霞满天的傍晚，花谷独自坐在草坡上，托着腮帮子想着关于头发的事。

　　就在太阳整个儿"咚"的一声掉进山后面的时候，花谷看见有个人朝她走了过来。这个人就是毛茂。花谷心想：他来这里干什么呢？

　　毛茂有些不好意思地在花谷身边的草坡上坐了下来，然后他支支吾吾地说："花谷……关于沙窝窝的事情，我想跟你说声对不起。以后我会将钓起来的沙窝窝放回沙子窝，再也不会将它们乱丢到草丛里，让它们失去家园了。我以后不光会尊重沙窝窝，也会尊重其他动物的。"

　　花谷听到毛茂这番话，起先感觉有些惊讶，然后很欣慰地说道："很高兴你能有这样的转变。我替我们这所有的沙窝窝谢谢你哦！"

　　毛茂看到花谷原谅了自己以前的鲁莽行为，心里竟然如卸下一块石头一般轻松愉悦起来。接着，他清了清嗓子说："你以后别再剪头发给那些男孩子了，我听一个同学说你很珍惜自己的长发。"

　　"是谁告诉你的？"花谷很疑惑地问道。

　　"一个很爱笑的同学告诉我的。"毛茂故作神秘地回答,"他还说你富有同情心,会为受伤的小动物流眼泪,会为不正义的事鸣不平,是他很欣赏的人哦。"

　　毛茂的话让花谷害羞得脸跟晚霞一样通红。

　　花谷忽然想起班上一个靠窗坐的男孩,他叫阿橙。他似乎从未跟花谷说过话,但每次花谷在课堂回答问题时,他都听得特别专注。有时,花谷去农家书屋看书,也能碰见阿橙。他总在靠窗的位置安安静静地看书,时不时摇头叹气,时不时托腮思考,时不时发出会心微笑,时不时转头望着花谷。还有一次,花谷在赶牛回家的路上,发现阿橙正在湖边赶鸭子。她正想过去跟阿橙打招呼,牛却突然疯狂地奔跑起来,奔进田里踩踏别人的庄稼去了,她只好赶紧追牛去了,来不及跟阿橙说一句话。这时,阿橙忽然就大声地唱起了歌,好像专为花谷唱的似的。

　　跟花谷一样,阿橙对动植物也特别上心。有一次进行课堂讨论时,他还说长大之后他要当一名踏实勤劳的农民，要见证一颗稻谷发芽、生长、抽穗、灌浆直至收获的全部过程。

"还有人把当农民作为梦想的？那他现在就可以不用读书，直接回家实现梦想啊！"班上的另一个同学晓春对阿橙的梦想嗤之以鼻。

"晓春，你怎么能这样讽刺阿橙呢？三百六十行，行行出状元，谁规定了人家的梦想就不可以当一名踏实勤奋的农民呢？你瞧不起农民，就是忘本！"花谷忍不住为阿橙打抱不平。

晓春被花谷说得面红耳赤，本想辩驳，结果只说了一句："要你管？"

花谷看她不服气，便接着说："你没听说过吗？脚下沾有多少泥土，心中就沉淀多少真情。阿橙现在读书，以后再成为新型农民，可以引领人们重新认识土地、利用土地，并在土地上创造新的生活，不是很好吗？"

花谷话音未落，班上的其他同学便为她响起了热烈的掌声。与其说花谷是为阿橙打抱不平，不如说这也是花谷自己的心声。

　　或许阿橙早已忘记了这么一次讨论，花谷的话却真真切切地说到了他的心里。他在深深地感激花谷为他说话。

　　后来，花谷发现抽屉里有时会出现一束新鲜的野生小雏菊，有时也会出现柿子、拐枣等果子，有时甚至还会出现一些白白胖胖的蚕宝宝。花谷猜测，这些应该都是阿橙悄悄放的，他是班上的卫生委员，每天都来得最早，负责开教室的门。

　　毛茂看着发愣的花谷，大声地说："嘿，你在想什么呢？怎么像根木头似的。总之，你不要管谁告诉我的啦。反正你不要再给那些男孩子头发了，我保证我不会再欺负那些沙窝窝！"

　　毛茂说完就要回家，但他刚转身就被花谷叫住了。

　　"毛茂，你说的这个人是阿橙吧？"花谷忍不住地问起来。她向来都是个直性子。

　　"你怎么一下子就猜到啦？"毛茂很吃惊的样子。

　　花谷瞥了毛茂一眼，指着不远处的草坡一角，说："你看，他不是正在那儿等你吗？"

尽管草坡上的草很是茂盛，阿橙也隐藏得较为隐蔽，但对这片草坡极为熟悉的花谷还是看见了他露出的脑袋。

阿橙知道花谷发现了他，便尴尬地转过身跑远了，只见夕阳的余晖隔着树影在他的白衬衫上跳跃。

后来，由于升学压力越来越大，花谷也越来越少带弟弟妹妹去钓沙窝窝了。她喜欢上了独处，时不时来到草坡，边放牛边看书。有灵感的时候，她甚至还喜欢写一写诗歌。花谷书看得多，也有作诗的天赋，老师常夸她出口成诗呢。

这是一个秋日的清晨，风吹来一阵野菊的花香，让人闻着仿佛喝了花之酒一般，醺然欲醉。草坡上的草也被吹得像海浪一样汹涌。花谷吟诵起自己之前写的一首诗《夏日草坡》：

夏日的一个清晨

我经过长着芦苇

和小野菊的草坡

脚步忍不住停了下来

草坡的青草是新鲜的

夹杂着淡淡的清甜

蝴蝶轻轻扇动翅膀

它们是最优雅的舞者

柳莺鸟轻快的歌声

口哨一样洒了一地

我采了一束小野花

迎着晨曦的光

心也变得新鲜了

跟草尖的露水一样晶莹

花谷吟诵得是那么认真，浑然不觉阿橙的存在。就在她打算起身牵老水牛回家的时候，发现身边坐着阿橙。阿橙的眼里闪烁着星辰般的光芒，脸上有着淡淡的红霞。

"这是你写的诗吗？"阿橙有些害羞，有些激动，却又强装镇定地说，"写得真好。"

"我瞎写的。"花谷笑了笑说，"对了，阿橙，

谢谢你悄悄放在我抽屉里的野花野果。"

"你怎么知道是我放的？"阿橙侧着脸，问。

"猜的。"花谷也笑着说。

"这叫志同道合。"阿橙也笑着说。

这一次，他们敞开心扉，天南地北什么都聊，聊最喜欢的书，聊星辰大海，聊各种花草树木，聊各自的梦想……花谷说，她想当作家，因为，她有好多好多童话要写，她还要给最爱的沙窝窝专门写一个故事。阿橙说，他还是想当农民，不过，是有文化的农民，因为他太喜欢那些花花果果了。

"让我们一起为了梦想努力！"阿橙的眼睛闪烁着光芒。

又一阵更加猛烈的风吹来，吹得草坡上的野草"哗啦啦"作响，花谷的脸被旁边的草割破了，血沁了出来。

"你的脸被草割破了。"阿橙说，"等我一会儿，我去去就回。"

说完，阿橙跑远了。过了几分钟，他又气喘

吁吁地跑了回来。原来，他刚刚到野生茶树那里刮了一些粉末，叫花谷涂在脸上。这种粉末很神奇，花谷涂在脸上不久，便把血止住了。

"阿橙，你怎么知道野生茶树树干上的粉可以止血？"花谷问。

"我爷爷告诉我的，他是一个老中医。"阿橙说。

"难怪你对植物这么感兴趣。"花谷说。

忽然，他们看到周边有几个沙窝窝的窝。花谷拔下两根头发，一根递给阿橙，一根自己用。他们俩钓起了沙窝窝。钓上来的沙窝窝，他们又放回沙子窝里。如此反复，看似单调，他们却很快乐。而花谷和阿橙之间的友谊，似乎也被定格在钓沙窝窝里了。

小学毕业的时候，花谷和阿橙都取得了优异的成绩。花谷上了本地最好的中学，阿橙却随父母转

到外省去读书了。临别的时候，他们在草坡上钓了最后一次沙窝窝。

"希望你梦想成真，长大后成为一名作家。"阿橙边钓沙窝窝，边对花谷说。

"我也希望你梦想成真，长大后成为一名跟袁隆平爷爷一样懂土地、懂稻谷的新时代农民！"花谷说。

"让我们一起为梦想而努力！"阿橙看了看蔚蓝的天空，说。

多年后，花谷还真的成了一名儿童文学作家，写了很多优秀的文学作品。孩子是一个家庭的希望，花谷很想通过文学作品滋养孩子们的心灵，健全他们的人格。阿橙成了一名水稻专家，他种植的新品种金色水稻和野生紫色水稻颗粒饱满，稻香浓郁，让家家户户都吃上了更加优质的大米。而毛茂

喜欢上了种植菌菇，他有个大型的竹荪种植基地，给村里的人们提供了很多就业机会，让大伙儿跟着他走上致富路……

这天，他们仨再次来到那块小时候经常玩耍的草坡上，像童年那样边念起《沙窝窝》的童谣，边钓起了沙窝窝：

> 沙窝窝，
>
> 沙窝窝，
>
> 带子带女出来坐。
>
> 你有窝，
>
> 我有窝，
>
> 大家一个金窝窝。

钓上来的沙窝窝，依旧被他们放回沙子窝里。临别的时候，毛茂再一次想起小时候把沙窝窝随便乱扔的事，并又一次做了忏悔，末了，又激情澎湃地说："我们不仅仅要让沙窝窝有一个温暖的家，还要让更多的人拥有一个幸福、和美的家。"

毛茂说出了花谷和阿橙的心声。

两个春天

　　不知怎的，今年的春天竟比往年提前了一个多月。

　　一场淅淅沥沥的春雨过后，森林里长起了又肥又嫩的蘑菇。它们像躲猫猫似的，有的藏在茂盛的青草丛里，有的被松软的苔藓包裹着，还有的藏在厚厚的树叶下面。只有懂得蘑菇生长规律的山里人，才能找到它们。

　　男孩阿豆提着竹篮来到森林里采蘑菇，他采了一上午，终于采到半篮子蘑菇。就在他兴高采烈往回赶的时候，一只鸟儿叫住了他。

　　阿豆转身一看，原来是一只朱鹮！朱鹮的羽毛很特别，就像长着洁白的云

朵和橘色的晚霞，美得就像一首
诗。它的长喙里竟然衔着三朵小
小的蘑菇！阿豆还是头一次看到
朱鹮，而且是长喙里衔着蘑菇的
朱鹮呢！在阿豆的印象中，朱鹮
是一种非常稀有的鸟，阿豆以前
只在书本上看过，并知道它们喜
欢吃的是泥鳅、虾、蟹、昆虫之
类的，并不是蘑菇。为什么这只
朱鹮会衔三朵蘑菇呢？阿豆感到
很诧异。

　　"阿豆，你能帮我一个忙吗？"
朱鹮扇了扇晚霞一样的橘色翅膀，
对阿豆说。

　　"什么忙？请说。能帮的我
一定尽力而为。"阿豆毫不犹豫
地回应道。

　　"你能把你刚刚采的蘑菇送
给山兔婆婆吗？山兔婆婆现在非

常需要十六朵蘑菇！"朱鹮看起来很着急的样子，"这片林子的蘑菇长得太隐蔽了。我找了一上午，只找到了这三朵！"

阿豆有些犹豫，毕竟这半篮子蘑菇是他好不容易找到的，他得将蘑菇送给一个好朋友。去年冬天，那个朋友就跟他说，她每天都在想念春天的味道。春天的味道是什么呢？阿豆想，应该是蘑菇的味道。于是，春风一吹，春雨一下，森林里的蘑菇刚刚长出来，他就来到森林里采蘑菇。

"山兔婆婆生病了，她特别想吃蘑菇。"朱鹮继续说，"吃了蘑菇，说不定她的病就治好了。"

听了朱鹮的这番话，阿豆点了点头，答应把这半篮蘑菇先送给山兔婆婆。

"这篮蘑菇这么重，我可拿不动，还得劳烦你

帮忙送过去呢。"朱鹮用长喙啄了啄竹篮的把儿，想把整篮的蘑菇提起来，但是，它发现自己无能为力。

"好吧，我跟你一起去见山兔婆婆吧！"阿豆说。

于是，朱鹮在前面带路，阿豆跟在它的身后，他们朝着山兔婆婆居住的那片森林赶去。

森林到处都是"花瀑"，迎春花、油桐花、野蔷薇、杜鹃花都开了，散发着阵阵香味。山兔婆婆的家在林子最深处，越是往里走，越多的藤蔓和荆棘，路也越来越小。朱鹮飞得很快，阿豆也跟着

跑得很快，但他一点都没有被弄伤。每次，就在阿豆快要碰上荆棘的时候，荆棘就会缩回细长的"手臂"，不去伤害阿豆。就这样，阿豆跟着朱鹮走呀走，走了很久很久，他却似乎一点儿都不觉得累。走到最后，阿豆发现前面已经没有路，到处只有荆棘丛了，朱鹮这才停了下来。

"没路了！我们是不是走错了？"阿豆问朱鹮。

"别担心，只管往前走。山兔婆婆的家就在前面。"朱鹮说完，又对着荆棘丛说了一些阿豆听不懂的话，它的话音刚落，荆棘丛就分成了两半，中间露出一条新路来！

"瞧，这不是路吗？快走吧，阿豆！"朱鹮说。

阿豆还没搞明白这一切到底是怎么回事，就跟着朱鹮继续走了起来。路两旁不再是荆棘丛了，而是大片大片的紫藤花。紫藤花的尽头，是一棵银杏树。朱

鹮带着阿豆来到银杏树下。

这棵银杏树非常古老，
树叶遮天蔽日，树身要好几
个人手拉手才能围住。阿豆
感觉，他似乎来到了一把巨人的绿伞下，很是惬
意。银杏树上还有很多小动物：两只猴面鹰在打
盹；三只松鼠在树上追逐，玩得很欢；还有一只猴
子，它正津津有味地看一本很奇幻的书……看到阿
豆，这些小动物好像并不感到奇怪，而是继续干自
个儿的，丝毫不受影响。

朱鹮告诉阿豆，银杏树里面是空心的，山兔婆
婆就住在树洞小屋里。接着，朱鹮敲了敲门，对着
树洞里面说："山兔婆婆，请开门！"

"是朱鹮吧？"山兔婆婆打开门，感激地说，
"谢谢你采的蘑菇。"

"是我，但又不只是我，还有一个人。"朱鹮说。

"原来是阿豆啊，我们去年冬天见过的。"山
兔婆婆看了看阿豆，有些不自然地说。

听到山兔婆婆这么说，阿豆感到很吃惊，他

想："难道山兔婆婆认识我？我怎么没有任何印象呢？"

不过，去年冬天，阿豆确实见过一个山兔姑娘。她总是穿着一条像红蘑菇那样艳丽的裙子，光着脚丫穿梭在森林里。但是，她不可能是眼前这个满脸皱纹的山兔婆婆！本来，阿豆采这篮子蘑菇，就是打算送给那个山兔姑娘的。

"阿豆，你一定很惊讶，我怎么会认识你吧？我就是你去年冬天遇见的那个山兔姑娘啊！由于太想念春天，我悄悄地拿走了春姑娘的魔法棒，提前制造了一个春天。所以，我才变成了现在这样子。谢谢你，阿豆，你采摘的这篮子蘑菇帮助了我。"山兔婆婆说。

"现在这个春天是虚拟的？那是不是意味着今年将有两个春天了？"阿豆问。

"是的。过一段时间，还有一个春天将要到来。"山兔婆婆想了想，说。

说完，山兔婆婆将阿豆篮子里的蘑菇一朵一朵吃进了肚子里。吃完十六朵蘑菇之后，她还真的变回了阿豆认识的那个山兔姑娘。山兔姑娘穿着一身绿裙子，肤色红润，眼波流转，看起来神采飞扬，活力四射。

"看来，春天再美，也不能着急。"山兔姑娘似有所悟地说。

"美好的事物需要时间孕育，我们要学会等待。"朱鹮想了想，说。

后来，阿豆发现，今年确实有两个春天。

在那个虚拟的春天里，阿豆碰上的很多动植物都不太一样：小蜜蜂比往年的肥了许多，它们采花粉的时候，没飞多久就累得飞不动了；很多正值壮年的水牛忽然就变老了，它们不再耕地，而是懒洋洋地躺在田野里晒太阳；冰雪刚刚消融，桃花、梨

花、油菜花就开了，但是它们凋谢得很快，有些甚至当天早晨开，傍晚就凋谢了，人们根本来不及欣赏它们的美……

而在真正的春天到来的时候，一切都跟往年一样：蜜蜂的体型虽然小，却"嘤嘤嗡嗡"没停地采花粉、酿花蜜；田野里，水牛一亩又一亩地犁地，仿佛永远不会累似的；花朵慢慢地开，慢慢地落，人们有的在紫藤花廊看书，有的在樱花树下跳芭蕾，有的在草地上放风筝，享受着美好的春日时光……

天井

呵呵睡　满崽睡

呵呵睡　快快睡

你要月光我去摘

你要日头我去背

月光如瀑，在夜的长河里"哗啦啦"流淌，一股脑儿流进围屋天井的旋涡里。阿婆的歌声被月光洗过，泛着柔和的色泽，又如红背带在屋梁上飘荡，然后飘入我的耳朵，让我进入梦的异境里。

小时候，阿婆常用红背带背我。在我刚开始学走路时，阿婆还将红背带绑在我的腰上。她拉着红背带，像拉着小牛一样。我走路跟跟跄跄的，每每即将

摔倒时，阿婆就会很及时地一拉，我的身子立马就"正"了。

阿婆的歌声似乎带着魔力，只要有她的歌声陪伴，我的梦就会变得安稳。有一晚，我梦见自己变成了一棵枫树，阿婆也变成了一棵枫树。只不过，我的树叶是嫩绿色的，而阿婆的树叶是火红色的。我搞不明白，为什么不同季节的枫树会同时生长。或许梦总是跟现实秩序不太一样。变成树的我们相隔只有几米远，却有种咫尺天涯的感觉。

"抱抱我，阿婆。"我对阿婆说，"我好冷。"

阿婆努力地想抱着我，她用尽全身的力气甩动树枝，却还是够不着我。我这才发现，原来对于一棵树来说，要互相拥抱是件多么艰难的事情。我开始庆幸，这只是一场梦而不是现实。因为从小到大，都是阿婆抱着我并唱歌哄我入睡的。

不过，阿婆虽然是一棵树，她还是想出了一个办法，那就是借助风的力量，让她身上的一片红枫叶飘到了我这边。我明白阿婆的意思。我也甩下一片绿色的叶子，让它跟从阿婆枝上飘来的那片叶子在一起。红枫叶和绿枫叶"手拉手",幸福地笑了。

我情不自禁地笑醒了,睁开了双眼,发现阿婆就坐在床边,她泪眼婆娑地望着我。银色的月光照射在她的白发上,灼灼生辉。

"小满,你吓死阿婆了。还好,你已经退烧了。"阿婆探了探我的额头,说,"都快6岁了,还是这么不让人省心。要是阿婆不在了,你可怎么办哟?"

阿婆今年82岁了。我知道,她最放心不下的就是我。5年前,刚出生不到1个月的我被人托付给了阿婆。那是一个无星无月的夜晚,阿婆从别人手中接过我,把我抱进怀里。从此,我成了阿婆的"满崽",阿婆亲切地喊我"小满"。

阿婆说:"人生最好是'小满'。小满既是一个节气也是一种状态。农历四月,小满时节,江河渐满,世间万物都进入生长旺季。农作物开始灌浆,瓜果也陆续飘香。所有的一切都像精神饱满、朝气蓬勃的孩子。于万物,小满刚刚好。于人生,小满足矣。"

阿婆生了五个孩子,有三个儿子、两个女儿。阿公因病早早就离开了这个世界,阿婆一手将这五

个孩子拉扯大，供他们读书成才。后来，阿婆的孩子们都去了城里，有的考上了公务员，有的在医院当医生，也有的在企业当了高管。阿婆看到孩子们都有出息了，自然是很欣慰的。

但她不愿意离开这里，她喜欢守着这座古老的围屋。这座围屋已有几百年的历史了，墙面是由三合土和河卵石筑成的。

阿婆说："古代这里常有土匪出没，为了家人的安全，祖上建了这个围屋。要是在以前，这高大的围墙，飞扬的柱檐，色泽艳丽的廊图壁画，看起来气派着哩！屋里的每一扇门窗，梁上的每一朵雕花，屋顶上的每一片瓦，都残留着祖先的气息。"

我总觉得，围屋里层层的院落组合在一起，很像一个迷宫，四岁的时候，我还在"迷宫"里迷过一次路。

我最喜欢围屋的天井。每当下雨的时候，雨水从天而降，"哗啦啦"地落在屋中央的天井里。瓦檐滴下的水时而像瀑布，时而又如一串散落的珠子，甭提多有意思了。天井就像一个聚宝盆，毫不

174

客气地把雨水装了进来。奇怪的是，无论雨下得多大，下得多久，天井里的水都不会漫出来。

"阿婆，为什么它叫'天井'呢？因为它是天的井吗？"我曾这么问阿婆。

阿婆告诉我说，住宅如果没有天井，就像人没有口鼻而不能呼吸。围屋必须通过天井和外界的天地进行气机交换，接收自然给予我们的精气，才更适合我们居住。

"天井的胃口真好，它好像永远都喝不饱。"我对阿婆说。

"傻孩子，咱们的祖先聪明着哩。他们在天井下面布了一条条'肠子'。"阿婆笑呵呵地说。

"天井还有'肠子'？在哪里呀？"我追问。

"等你长大就知道了。"阿婆慈爱地摸着我的头，说。

雨停时，我喜欢放几只用纸折的小船在天井的水面上，小船儿荡啊荡，总让我想到远方的海和帆船。后来，阿婆教我折莲花灯，我也会把折好的莲花灯放在水面上，对着莲花灯许愿。

阿婆说莲花灯是阿公教她折的。她第一次遇见阿公时才 18 岁，阿公 20 岁。那时，只要她在河边洗衣裳，阿公便会在上游放各种颜色的莲花灯。当她望向阿公时，阿公就会立马羞得满脸通红，慌里慌张地跑远。阿婆刚开始还觉得奇怪，后来才知道他这么做只是为了能够见到她。

有太阳的时候，阳光就像一根根金线从天窗落下来，落在天井里。顿时，天井就像铺了一层金色的地毯，将整个屋子映得亮堂堂的。要是冬天，阿婆就会搬一张板凳，叫我一起坐在天井旁晒太阳。阿婆给我梳羊角辫，然后用红丝带在辫子上扎两个蝴蝶结。

过 6 岁生日的那天，阿婆跟往年一样，慈爱地给我戴上一顶绣着吉祥花纹、缀着银配饰的帽子，又递给我两个用红花染过的熟鸡蛋，说："戴上咱们的客家童帽，再吃两个红鸡蛋，吉利！"

我兴高采烈地接过阿婆煮的红鸡蛋，摇晃着小脑袋不住地点头，帽子上垂下来的银铃铛发出一串悦耳的声音。接着，我搬了一张小凳子来到天井旁，小心翼翼地把鸡蛋敲开，除去一小片一小片的蛋壳，剥出细嫩、光滑的蛋白。就在我刚吃完第一个红鸡蛋的时候，忽然发现天井下有只老龟，它正一动不动地盯着我呢。

"你想吃我的红鸡蛋？"我侧着身子，试探着问老龟。

老龟转了转小眼睛，竟顺着天井边沿爬了上来。它爬起来一点都不吃力，我还是头一次看见身手这么矫健的龟呢。老龟很可能是被我的红鸡蛋诱惑了，总盯着我手里的鸡蛋不放。我立马将鸡蛋剥开，蹲下身子，掰了一小片蛋白给它，它吃得津津有味。我又掰开了一小片，它继续吃。最后，它把我的半个鸡蛋都吃完了。

原来，这只老龟跟我一样爱吃鸡蛋！我端详着它，它的皮肤皱皱巴巴的，看起来比阿婆还年长。我惊叹于这个世界上竟还有这么老的龟。老龟慵懒地闭上了双眼，似乎很享受这一刻的惬意时光。

"老龟，你在这里待了多久啦？"我问老龟。

老龟睁开眼，定定地望着我，然后点了两下

头。它是在告诉我待了两年，还是二十年，或者是两百年？我不明白它的意思，又问了一遍。老龟继续点了两下头。

我虽然不明白老龟点两下头是什么意思，但我敢肯定，它听得懂我的问话，不然，它怎么每次都是点两下头，而不是三下或者四下呢？

小黄狗酸菜从外面跑了进来，"汪汪汪"地朝着老龟狂吠，看起来很不友好。

"酸菜，你不要激动。这只老龟是我们的朋友。"我一边安慰着老龟，一边抚摸酸菜金色的毛。

酸菜是一只不到两岁的狗狗，它的名字是我取的。因为我特别爱吃阿婆用陶罐腌的酸菜，所以给它取名"酸菜"。酸菜的脾气不是很好，总爱跟隔壁的黑狗打架，看到天井里的老龟，酸菜的第一反应就是想扑过去咬它。酸菜小时候还用牙齿划了我一下，害得我去打了狂犬病疫苗。不过，我慢慢地就把酸菜驯服了。现在，只要我朝它喊一声"酸菜，跟我来！"它便会一扭一扭地跟在我身后。当它和别的狗打架时，只要我一吼，它就会止戈休战。

酸菜也喜欢吃鸡蛋，要是它知道我刚把阿婆给我过生日的鸡蛋分给了这只老龟，它肯定不会放过老龟的。老龟瞅着酸菜的样子，慢悠悠地朝天井爬去，然后消失在天井下面的一个小洞里。

酸菜看着老龟渐渐消失，便朝着天井下面的小洞口狂吠。我安抚了它好一会儿，它才平静下来。

"酸菜，你对待朋友不要这么凶啊！"我将酸菜教训了一顿。

酸菜听到我教训它，则低垂着尾巴，斜着眼睛看着我，表现出一副委屈巴巴的样子，跑开了。

屋外响起了小车喇叭的滴滴声。阿婆听到喇叭声，知道是她日思夜想的儿女们回来了，她赶紧走了出去。我也跟着阿婆走了出去。

阿婆的大女儿从一辆白色的小轿车里走了出来。跟着她一起回来的，还有两个十来岁的男孩。

"妈，我回来了，您最近身体还好吗？"阿婆的大女儿边提着大包小包往里屋走，边关切地问阿婆。

“好好好。只要你们在外面好好的，我就一切都好。”阿婆搓着手，说。

“阿婆，我们来看您啦！”其中一个男孩边说，边热乎地递给阿婆一袋香蕉，“您吃一根香蕉，妈妈说，您最爱吃香蕉了。”

“阿婆，祝您生日快乐！这是我们给您买的草莓蛋糕，很好吃哦！”另一个男孩递了一个大蛋糕给阿婆。

阿婆颤抖着双手，接过香蕉和大蛋糕。我看到她的眼里有泪花，那是激动的泪！

过了一会儿，不远处又开来了四辆小轿车。阿婆另外的四个儿女也回来了。每辆车上都走出两个孩子，他们是阿婆的孙子、孙女、外甥、外甥女。他们的手里都提了大包小包的礼物，这些礼物有些是送给阿婆的，也有一些是送给我的。

每年阿婆过生日的这一天，围屋都会变得格外热闹。阿婆总是会叫儿女们在天井旁摆放上两张圆桌，大伙儿围坐在圆桌周围，借着天井投下来的天

光，热热闹闹地聚餐、畅聊在外的工作和生活。每每这个时候，阿婆总是会激动得泪眼婆婆。这次也不例外，大伙儿边吃着饭菜，边给阿婆讲述大城市发生的变化、工作中发生的愉快的事情等等，阿婆边听边笑，边给儿女们夹菜，其乐融融。这一回，不知道怎么的，阿婆的大女儿讲着讲着，忽然就跟阿婆提出，让我和阿婆也去大城市跟他们一起生活。

"妈，您跟小满还是到城里去住吧。您看，您都这么大的年纪了，需要照顾。小满也到了读书的年纪，去城里可以接受更好的教育。"阿婆的大女儿说。

"是啊，妈，爸走得早，您好不容易把我们拉扯大，到城里去生活吧，让我们尽尽孝心。"阿婆的大儿子也开始附和大女儿的话，"您爱跟哪个儿女住都行。或者，您在我们这几个儿女家轮流住，这样就不会闷了。"

"我不去，你们一天到晚都在上班，我连个说话的人都没有。"阿婆说，"再说了，城市里都是水泥地，连泥土的味道都闻不到。你们的房子那么高，都在半空中，我呼吸都呼吸不过来，住在自家围屋好着哩！"

阿婆自己不愿去城里，却执意让我跟着她的大女儿去城里读书，说是为了我好。但是我不想去，我要在围屋里永远陪着阿婆。

"小满，你已经6岁了，又没读幼儿园，你得去城里读书，将来才有出息！"阿婆的大女儿说。

"我不在，阿婆怎么办呢？"我说。

"这个你不用担心，我们会找一个保姆过来。"阿婆的大女儿说。

对于去城里读书这件事，尽管我百般不愿意，也为此哭了好几回，但终究拗不过阿婆他们。我知道他们这是为了我好，但我真的舍不得离开这里。虽然我也期待看看城市里的霓虹灯，期待看看远方的海，也想知道空中的房子到底是怎么样的，想知道像蚯蚓一样在地下钻来钻去的"地铁"到底是什么怪物，但我对阿婆和围屋的依恋超过了一切，况且，围屋里有我最爱的天井，天井下还住着老龟……

离开前一个晚上，我又习惯性地来到天井边发

呆。今晚没有月亮，天窗上方只有一颗星。这颗星像一只眼睛，看着天井边的我。

老龟在我的预感之下出现了，它爬到我的身边，一动不动看着我。我知道，它肯定跟阿婆一样，舍不得我走。

"谢谢你，老龟！"我哽咽着对老龟说，"我不在的日子里，记得照顾好阿婆！"

老龟朝我点点头，转身走了。望着老龟的背影，我热泪盈眶。

后来，我离开了围屋，跟着阿婆的大女儿来到了大城市读书。没想到，我刚走一个多月，阿婆就病倒了。我想，阿婆一定是因为太过想念我才病倒的。我走了，只有酸菜和老龟陪伴阿婆，阿婆太孤单了。

我闹着要回围屋看阿婆。阿婆的大女儿只好跟老师请了假，带我回一趟围屋。回到围屋，看到阿婆和酸菜的那一刻，我的泪水情不自禁地夺眶而出，多么熟悉的围屋，多么慈祥的阿婆，多么可爱的酸菜！这一个多月，我做梦都在念着这里的一切！

阿婆的大女儿给阿婆叫来医生。医生给阿婆开了一些药，我端来一碗水，让阿婆把药吃下去。一直以来都是阿婆照顾我，现在阿婆病了，该轮到我照顾她了。

这天晚上，阿婆一直没睡好，时而迷迷糊糊地为我哼着儿歌，时而念叨几个人的名字。这些名字，我只听清了阿公的。

我很担心阿婆，担心得根本睡不着。在阿婆睡着后，我悄悄地在天井边的凳子上坐了下来。月光碎银般，如梦似幻。我又看见了那只老龟，它在天井中央看着我，好像有什么话想跟我说。月光洒在它身上，仿佛给它罩上了一件银衫，把它变成一只银龟了。

"上来吧，老龟！"我对老龟说。

老龟果真爬了上来，爬到我的身边。

"老龟，请您保佑阿婆快点好起来！"我叹了口气，说。

老龟朝我点点头。这一次，它点了三下。

我呆呆地看着天井外漆黑的天空，不知何时竟迷迷糊糊地睡着了。当我醒来的时候，天已经微微亮了，我看着昨晚老龟趴着的地方，它已经不见了。

在我们的精心照料下，三天后，阿婆的身体总算好转了。这天夜里，阿婆跟我说起了老龟。原来，她60多年前就认识它。阿婆第一次遇见老龟，是跟阿公成亲那天。阿婆开始回忆当年的情景，她的眼睛闪烁着光芒，这会儿的阿婆，看起来年轻了很多。

我仿佛听见了迎亲鞭炮、唢呐吹打乐的声音，一个老先生把公鸡高高举起，用地道的客家腔调唱响下轿祝赞词，将只有18岁的阿婆从花轿里迎了下来。阿公挑起花轿帘，牵着阿婆下轿，撑着油纸伞，手挽阿婆齐步过米筛、跨火盆、过喜门，他们在高堂之下拜大礼、挑盖头，众人纷纷撒喜糖……

半夜，亲朋好友散去。阿婆从里屋出来想去解手，发现天井边有一只老龟，它的背上背着一颗喜糖。看到阿婆的那一刻，老龟定住了，阿婆也震惊得定住了。

"你也是来抢喜糖的吗？"阿婆蹲下身子，问。

老龟望了望阿婆，将喜糖往地面一扔，就往天井爬去。阿婆猜想，它可能是被吓到了，连忙将喜糖捡起来，放回老龟的背上。这下，老龟不害怕了，它看了看阿婆，又对她点了点头，背着喜糖走了。

后来，老龟又在阿婆面前出现过几次。每次，都是阿婆最幸福或者最伤心的时刻。阿婆说，老龟很像是这个宅子的守护神。

"阿婆，老龟到底有多老？"我问阿婆。

"我也不知道，我第一次看见它的时候，它就很老了，"阿婆说，"60多年过去，我老了，老龟却还是跟当年一样。"

阿婆说的话让我对老龟更加刮目相看了。我深信老龟不是一只普通的龟。

"阿婆，我以后再也不离开你和围屋，还有酸菜、老龟它们了！"我看着阿婆的眼睛，说。

"傻孩子，你得去外面读书，才有出息。"阿婆握着我的手说，"你只要记得，时不时回围屋来看望阿婆，不要把阿婆忘了就行。"

"我永远都会记得阿婆的。"我大声地说。

阿婆的大女儿终于明白了阿婆这次的病根所在，她连忙接过阿婆的话茬："妈，我知道，您一个人在围屋生活太孤单了。以前是我们疏忽了，总是忙工

作，忙孩子，把您忘在一边了。这些年，多亏了小满替我们陪伴您。如今，小满又跟着我走了，您肯定很不习惯的。妈，您放心，以后啊，我们五兄妹轮流带着孩子们来看望您，不再让您感到孤单。"

阿婆听了大女儿的一番话，虽然嘴里总说不需要大家这么费心陪伴她，但是，她的嘴角隐隐约约地露出满足的笑。我知道，阿婆的内心是需要陪伴的。

"阿婆，我们都爱您，也爱围屋。"我亲了亲阿婆的手，说。

"睡吧，小满，阿婆给你唱催眠曲。"阿婆跟以前一样，慈爱地抱了抱我，"我们枕着天窗上的星光睡。"

于是，我的耳边又响起了阿婆富有魔力的歌声：

呵呵睡　满崽睡

呵呵睡　心肝睡

你要月光我去摘

你要日头我去背